volume.two
2
もり Mori
Illust. 紫真依
婚約破棄された
公爵令嬢は冷徹国王の
溺愛を信じない

ニコル
少年のように見えるが、
ジュストと同じ26歳。
いつもニコニコしているが、
戦場に立てば
悪魔のような一面を見せる。
ジュスト
バランド王国の王ジュスト・バランド。
戦場では腹心の3人とともに
「悪魔」と呼ばれているが、
晴れて両想いの夫婦となったルチアには
甘さ全開で溺愛している。
ルチア
お飾り王妃としてバランド王国に嫁いできた
オドラン王国の公爵令嬢。
前世の記憶を活用して、
国政問題をいくつも解決する。
一方でいつも2番手扱いされていたことから、
他人からの好意には疎い。

CHARACTERS

シメオン
基本的に兵舎か鍛錬場にいる。
3人の中で最も寡黙だが、
甘党で冗談が好きという
かわいい一面も…。
エルマン
クールで中世的な顔立ち故
男女ともに人気が高い。が、
外見とはかけ離れた
真っ黒な腹の内を知ると
みんな逃げ出していくのだとか…。
ウィリアム
ジュストの従弟で、
療養も兼ねて他国に留学していたが
7年ぶりにバランド王国に帰還する。
明るく人懐っこい性格。
ジュストの腹心たち
ニコル、シメオン、エルマンは
ジュストを支える優秀な部下。
全員そろって「4人の悪魔」と恐れられるが
恋愛には初心なジュストを
幼なじみとして温かく見守っている。

「ジュスト様、どうかされたのですか？」
ジュストはいつもと違う
余裕が無さそうな表情で――
「好きだ、ルチア。愛している」

婚約破棄された公爵令嬢は冷徹国王の溺愛を信じない

volume.two

2

もり Mori　Illust. 紫真依

目次

プロローグ

まだ太陽が昇る前の暁《あかつき》の時。

鳥たちはもう起き出しているようで、かすかな囀《さえず》りが聞こえてきている。

その気配を感じながら、ルチアはベッドの中でゆっくり目を閉じた。

昨夜から緊張のあまり眠ることができなかったルチアだったが、疲れもあってさすがに眠気に勝てそうにない。

この状況に失望していないといえば嘘《うそ》になるが、今はとにかく何も考えずに眠れることがありがたかった。


『――好きだ、ルチア。愛している』

夢のようなジュストからの告白。

ルチアは信じられない思いで胸がいっぱいだった。

それでも、精いっぱいの勇気を出して答えた言葉。

『私も……愛しています』

プロローグ

ルチアの告白に、ジュストはぎゅっと強く抱きしめてくれた。

その腕の中は温かくて、ルチアは幸せに包まれ――。

何かの物音で目を覚ましたルチアは、驚き勢いよく体を起こした。

(……夢⁉)

ルチアは周囲を見回し、寝過ごしたことを悟った。

すっかり陽が昇っているのが、カーテンを閉めていても差し込む光でわかる。

あまりに幸せな夢を見たから寝過ごしてしまったのかと考え、ルチアは昨日のことを思い出した。

(違うわ。あれは、夢じゃなかった……)

頭がはっきりしてくると、じわじわと喜びが湧いてくる。

昨日、ジュストから庭へと散歩に誘われたルチアは、バラの蔦の前で膝をついて愛を請われたのだ。

こんなに幸せなことがあっていいのだろうかと浮かれたルチアは、ふと現実に戻った。

昨夜は初めてジュストが寝室へ訪れてくれるのではないかと期待して待っていたのだ。

(それで眠れなかったとか……恥ずかしすぎる……!)

皆に祝われて、いつもより豪華な夕食をジュストと一緒にとりながらも、ルチアは夢見心地でそわそわしてしまっていた。

浮かれすぎて何の話をしたのかも覚えていない。

それは食事の後も続き、いつもより念入りに寝支度をしてベッドに入った。

寝室の反対側にある、ジュストの部屋と繋がる扉を見つめて、いつ開くのかとドキドキして待っていたのだ。――が、ジュストが訪れることはなかった。

（うん。想いが通じ合ったからって、いきなりはないわよね……）

寝不足ではあるが、頭ははっきりしているので、昨日のことを思い返してみる。

ひと晩経って冷静になると、徐々に恥ずかしさが込み上げてきて、ルチアは悶《もだ》えた。

昨日はあまりに浮かれすぎていて考えなかったが、窓からはたくさんの人が見ていたのだ。

それなのにルチアは自分から抱きつき、ジュストとキスをしたのだ。しかも三回も。

（夢じゃなかったのは嬉しいけど！　でも、やり直させてー！）

ルチアは頭を抱えてベッドに蹲《うずくま》ったが、当然記憶は――事実も消えるわけはない。

ジュストの愛の告白は何度でも頭の中で繰り返したい記憶だが、そこから後をやり直したかった。

（もしかして、あれが原因でジュスト様は引いてしまったとか……。抱きつくなんてはしたなかった？　しかも公衆の面前だったのに……）

散歩を続けるふりをして、皆から見えない場所まで移動すればよかったのかもしれない。

（いや、それはそれでどうなの……？）

そこまで考えて、ルチアは覚悟を決めた。

うじうじしていても時間は巻き戻らないし、皆の記憶も消えない。

いつまでもこの部屋にこもっていると、マノンたちを心配させるだけなのだ。

ルチアは何度か深呼吸を繰り返し、起き上がってベッドから出た。

それからカーテンを開ける。

やはり朝もかなり遅い時刻、どちらかというとお昼に近かった。

「――ルチア様、よろしいでしょうか？」

「ええ。おはよう……というには、遅い時間ね。マノン」

ルチアの起きた気配を察したマノンは、ノックをして遠慮がちに入ってきた。

何事もなかったように、とはいかなくても、ルチアが明るく挨拶《あいさつ》をすれば、マノンは温かく微笑《ほほえ》む。

「おはようございます、ルチア様。まったくもって遅い時間ではありませんよ」

ルチアはいつもかなり早起きなので寝過ごしたと思っているようだが、貴族女性ならこれくらいの時間に起きるのは珍しくない。

昨日のことはルチアにとって嬉しくも疲れているだろうと、マノンは予想していたのでそっとしていたのだ。

もしかして……という思いもなくはなかったが、ちらりとベッドを見た感じそれもなさそうだった。

「陛下からご伝言を承っておりまして、昼食をご一緒になさりたいとのことです」

「へいっ、陛下ね、うん。わかったわ」

マノンから伝言を聞いたルチアは、焦って変な声を出してしまった。

すぐに冷静さを装ったが、マノンには動揺がバレているだろう。

夕食までにどうにか気持ちを落ち着けようと思っていたのに、昼食となるとあまり時間がない。

朝の支度を簡単にして、ルチアは果物とお茶だけの軽い朝食をとりながら考えた。

（そもそも、私たちはもうすでに結婚しているのに、改めて告白してくれて……愛を請うとまで言ってくれたんだから、ジュスト様は本当に誠実なのよ。うん。だからきっと……名目上は夫婦だけど、付き合い始めた恋人のようなもので……）

あの時のことを思い出すだけで、ときめいてしまい、顔がにやけてしまいそうになる。

ルチアはフォークを置いて、落ち着こうとお茶を飲んだ。

（付き合いたての恋人同士なのだとしたら、いきなりその……はなくて、まずはデートよね。要するに、今日の昼食が初めてのデートなのでは？）

誠実なジュストのことだから、きっと段階を踏んでくれるのだろう。

そう思うと、自分が邪《よこしま》な気がして居たたまれなくなってきた。

（きっと普通のご令嬢なら、期待して待ってたりなんてしないはず……）

ルチアには前世の日本《にほん》で暮らしていた記憶があるせいで、余計な知識まで持ってしまっているのだ。

それが何だかジュストに申し訳なくて、ルチアは気落ちした。

（本当なら持参金も手に入るはずだったのに、私のせいで放棄させてしまったし……）

元婚約者だったジョバンニとの結婚式に現れ、攫《さら》うようにしてバランド王国に連れ帰ってくれた時には嬉しかった。

だが、ジュストだけでなく皆にまで迷惑をかけたことは、どうしても心苦しい。

（よし！　それなら、やっぱり前世の知識で恩返しするのが一番よね。せめてそれくらいはしないと！）

ジュストとの仲は焦らず、ゆっくりでいいのだ。

きっとジュストはそのつもりなのだろうから、普通の令嬢らしく任せればいい。

あれこれ考えてやきもきするのが間違っているのだろう。

そう結論を出したルチアは、この国の発展のためにまずは頑張ろうと決意したのだった。

第一章

昼食のためにルチアが従僕に案内されて入ったのは、ジュストの私室だった。

お互いの寝室を挟んでルチアの私室とは反対側にあるだけなのだが、廊下をずいぶん進んだので、ジュストの私室はかなり広いようだ。

そこでふと、ルチアは寝室が本当に隣り合っているのだろうかと考えた。

前世の知識や実家である公爵家の間取りから、勝手にジュストの寝室に繋がるのだと思っていた扉はまったく違う場所に繋がっているのかもしれない。

今まで一度も開いたことがなかったので、ルチアが勘違いしている可能性に気づいた。

（あの扉が単なる物置とかに繋がっていたら、超マヌケだわ……）

昨晩はいつ開くのかとドキドキしていたのだ。

とはいえ、開いて確かめてみるのも怖くてできない。

物置ならまだいいが、本当に寝室だったり、鍵がかかっていたら——しかも、開けようとしたことが知られたら、もう立ち直れないだろう。

知られたかどうかもわからないのだから、挑戦する勇気はなかった。

（とにかく、寝室とかそういうことを考えるのはやめなきゃ）

まるで欲求不満のようで恥ずかしくなってくる。

部屋にジュストがまだいなくてよかったと、両手を熱くなった頬《ほお》に当てて大きく息を吐いた。

そこにいきなり背後の扉が開いて、ルチアは飛び上がらんばかりに驚いた。

「すまない、待たせてしまった」

「い、いえ……」

てっきりルチアと同じ廊下側の扉からやって来ると思っていたのだ。

それがすでに隣の部屋にいたのだから、心の準備は間に合わなかった。

どうやらジュストはわざわざ着替えてくれたらしい。

ルチアは高鳴る胸を押さえて小さく息を吐き、どうにか落ち着こうとした。

「お忙しいでしょうに、お誘いくださって、ありがとうございます」

「いや、こちらこそ急な誘いだったのに、受けてくれて嬉しい。ありがとう、ルチア」

向かいの席に座ったジュストにどうにか招待のお礼を言えば、優しい言葉と笑顔が返ってくる。

ルチアは本当に『きゅん』と胸の音がした気がして自身を見下ろした。

「ルチア？」

せっかく落ち着いたはずの心臓はまた激しく打っているが、飛び出してはいないようだ。

「え？　あ、いえ、その……」

ルチアが俯いたことで心配したジュストに、何でもないと言おうとしても言葉が上手く出てこない。

それでも何か言わなければと焦ったルチアは、考えてもいなかった質問をしていた。

「復興は順調ですか？」

「――ああ。種籾《たねもみ》も商会から必要数を手に入れることもできたし、休耕地の再生作業も順調にいっている。今年は無理でも来年にはもっと耕作地を復活させることができるだろう」

「それでは、あとはお天気ですね。今年は今のところ荒れる兆しはないようですが、こればかりは予想がつきませんから」

「そうだな。本来なら、そのために備蓄をしておくべきなのだが、当面はなかなか難しいだろうな」

復興については、ルチアもかなりの関心事であるが、今するべきではない気がする。

だが、この話題ならもう心臓も飛び跳ねず、ルチアは落ち着くことができた。

おかげで手の震えも治まり、食事が始まっても失敗せずにすんでいた。

「ですが、アーキレイ伯爵の元領館には備蓄がしっかりあったのですよね？　ということは、他の諸侯にもあるのではないでしょうか？　ここ数年はお天気も良好で作物に影響を及ぼすような災害もなく、どの種の作物も順調に収穫できたと聞いております」

「そうだな。内乱で荒れた領地は無理だろうが、静観していた者たちは元々慎重な性格なのだ

た。

「だとすれば、その方たちからの支援も考えて備蓄していけばいいのですね」

ジュストの心配事を少しでも減らしたくて、ルチアは備蓄についての前向きな考えを口にした。

するとジュストは軽く目を見開く。

また出しゃばりすぎてしまったのかとルチアは焦った。

「いえ、その、余分に備蓄しているとは限らないでしょうから、支援を受けられるかはわからないですよね。余計なことを申しました。すみません」

「なぜ謝るんだ？　ルチアは自分の意見を言っただけだろう？　それに私は驚いただけだ。今までアーキレイ伯爵のことばかりで、ようやく復興に向けて本腰を入れることができると、他の諸侯については問題を起こさなければいいとしか考えていなかった。私は王として、まだまだ未熟だな」

ルチアが謝罪したことで、ジュストに自省させてしまった。

失敗してしまったと落ち込みそうになったルチアだったが、ジュストは柔らかく微笑みかける。

「ありがとう、ルチア。おかげでいろいろと気づくことができたよ。復興に邁進するのも大切だが、私はもっと他にも気を配らないといけない。まずは、誰もが意見を気軽に言えるような環境が必要なようだ」

「誰もが、ですか？」

「ああ。今の私はまだ『悪魔』だと恐れられている。ルチアにでさえ、私の態度ひとつで意見を述べたことを謝罪させてしまった」

「それは……ジュスト様が怖かったからではありません。ただ……」

嫌われることが怖かったのだ。

やはり『生意気』だと思われるのではないかと、はじめは『すごい』と褒めてくれても、積み重ねていくうちにうっとうしく思われるのではないかと不安だった。

自分では吹っ切ったつもりでいたが、まだ元婚約者のジョバンニのことがトラウマになっているらしい。

「ルチア、私があなたを不安にさせてしまっているのか？」

「ち、違います！　ジュスト様はかっ……」

ジュストに気を遣わせてしまったと、ルチアは急ぎ否定しようとして言葉に詰まった。

ここで「関係ない」などと言えば取り返しがつかなくなってしまう。

かろうじて口に出さずにすんだのはよかったが、ジュストは気になるようで首を傾げた。

その姿にまた胸がきゅんとする。

「か？」

「……可愛いのです！」

「可愛い？」

ルチアが叫ぶように告げた言葉に、ジュストは先ほどよりも驚いたようだ。

まさか自分が「可愛い」と言われるなど思わなかったのだろう。

ルチアもいくらジュストが首を傾げた姿が可愛く、そのギャップにきゅんとしたとはいえ、男性に言うべき言葉ではなかったと慌てた。

「あ、いえ……かっこいい、です。でも可愛くもあるとか、ずるいですよね……」

言い直したものの、つい本音が漏れる。

ジュストは呆気に取られていたが、次いで噴き出した。

声を出して笑うジュストは珍しく、今度はルチアが目を丸くする。

「まさか、私の人生で『可愛い』などと言われる日がくるとは思わなかった」

「そう、でしょうか？　エルマンやニコル、シメオンだって、きっと思っていますよ。口に出さないだけで」

「じゃあ、後で訊《き》いてみよう」

「そうしてください」

今、こうして笑っているジュストも可愛く見えるのだから、きっとあの三人なら思ったことがあるはずだ。

そう確信したルチアが同意すると、ジュストはどうにか笑いを治めて一度大きく息を吐きだした。

「それでは、ルチアもこの後の話し合いに同席してくれないか？」

「え？」

「もちろん、予定がなければの話だが。皆の返答を聞いてみたくはないか？」

「聞きたいです」

ルチアがわくわくした様子で答えると、ジュストは悪戯《いたずら》っぽく笑っていた。

いつの間にかぎこちなかった空気も消えている。

「それでは、備蓄についてのルチアの先ほどの意見も皆に聞かせてくれると助かるな」

「私の……」

一瞬怯《ひる》んだルチアだったが、ジュストを支えると誓ったのだ。

今朝だって前世の知識を使ってでも何でも、この国の発展のために頑張ると決意したのだから、怖がっている場合ではない。

「私も皆さんの意見を聞いてみたいです。特にジュスト様が可愛いかどうかを」

さり気なくルチアのトラウマをフォローしてくれるジュストのおかげで、冗談を返す余裕も出てきた。

同じように悪戯っぽく笑うルチアを愛しげにジュストは見つめてくる。

途端におとなしくなっていたはずの心臓がドキドキと騒がしくなってしまった。

「愛してるよ、ルチア」

「んっ――！」

気持ちを落ち着けようとお茶を飲もうとしたのに、突然の愛の告白にむせそうになった。

ジュストには自分の言葉がどれだけルチアを動揺させるかの自覚があるのかないのか、満足そうに微笑んでいる。

「私も……愛してます」

ジュストの笑顔を見ると、あれこれ考えているのが馬鹿らしくなってくる。

心臓には悪いが、どうしようもないほど幸せで、ルチアもまた微笑んで返事をしたのだった。

＊　＊　＊

「それで、どうだったんですか？」

「何のことだ？」

「奥方と昼食を一緒にしたんでしょう？　こう、愛の再確認とかしました？」

食事の後、ニコルたちを呼ぶと、ニコルがわくわくした様子で訊いてきた。

ルチアも交えて話し合う前に、先にこの国の復興に際しての問題点をしっかり明示できるようにしていたほうがよいと三人を呼び出したのだ。

三人の予定はお互い把握しているので、応じることができるのはわかっていた。

ただし、シメオンは明後日にはオドラン王国と接する土地での復興作業に戻ることになっている。

「再確認など必要ない」

「ダメですよ～、ジュスト様。釣った魚には餌をあげないと、逃げられちゃいますからね」

「ルチアは魚でもないし、餌など必要ない。常に私が気持ちを伝えて、ルチアに今以上に好かれるよう努力を続ければいいだけだ」

「……そうでした。すみません」

冷やかす隙もないほど、ジュストは大真面目に答えたため、ニコルはもう何も言えなかった。

そんなニコルを見て、エルマンが呆れたようにため息を吐《つ》く。

「ニコルは本当にデリカシーがないですよね。おふたりは新婚なのですから、本来ならもっとゆっくりしてもらうべきなのです。それなのに、私たちが不甲斐ないばかりにジュスト様どころか、奥様にまでお時間を取らせてしまうのですから、反省するべきです」

「それはそうだけどさ……。ふたりが仲良くなれたのも、僕たちの協力があってこそでしょ？少しくらい聞いてもいいんじゃないかな」

エルマンに窘《たしな》められて、ニコルは不満げに訴えた。

　すると、シメオンがふるふると首を横に振る。

「ジュスト様と奥方の仲は『犬も食わない』くらい」

「え？　ジュスト様、さっそく奥方とケンカしたんですか？」

　シメオンにまで窘められたが、その内容に驚いてニコルはジュストに訊いた。

　ところが、ジュストも驚いている。

「間違えた。『馬に蹴られる』くらい」

　大きな言い間違いをしたシメオンだったが、しれっと訂正して皆をほっとさせた。

　ジュストまでほっとしている姿を見て、エルマンが訝《いぶか》しむ。

「なぜジュスト様まで安堵《あんど》されているのです？　身に覚えでもあるのですか？」

「いや、ひょっとして先ほど何かルチアの気に障ることでもしただろうかと、不安になったんだ。昨日の今日で、何を話せばいいのかわからなくなってしまって、ルチアにも気まずい思いをさせたようだから」

　先ほどのルチアはどこか緊張していて、始めた会話も固いものだった。

　もちろん大切な内容で、ルチアがこの国のことを気にかけてくれているのはわかっているが、ジュストとしては仕事はいったん忘れて楽しんでほしかったのだ。

　しかし、部屋に入ってからしばらくの間、ジュストはルチアを目の前にして幸せを噛みしめていたために、沈黙が続いていることに気づかなかった。

そのせいで、ルチアに気を遣わせてしまったのだろう。

最後は笑わせることもでき、自分の気持ちを改めて伝えることもできた。

さらにはルチアからも返事をもらうことができたが、言わせてしまったようにも思う。

「あー、まあ、奥方にしてみれば、朝も昼も顔を合わせるのは気まずかったかもしれませんしね」

「いや、朝は顔を合わせていない」

考えれば考えるほど、失敗したのではないかと思えてきていたジュストを、ニコルが慰める。

だが、認識の違いがあるようなので否定すると、信じられないといった顔になった。

「ダメですよ〜。ちゃんと朝まで一緒にいないと。女の子は不安になっちゃうんですから」

「どこに不安要素があるというのです？　ジュスト様にあれほどの愛の告白をされたのですから、奥様もわかっていらっしゃるはずです」

「その、わかってくれるだろうってとこからすれ違いは始まるんだよ」

「すれ違うわけないでしょう？　ジュスト様はお気持ちをお伝えになって、さらに好かれるよう努力なさっているんですから」

「言葉と態度は大切」

驚くニコルにエルマンが突っ込み、そこからいつものふたりのやり取りになる。

シメオンまで加わり、最後には三人で満足げに頷いた。

ジュストはこの盛大な勘違いを訂正するべきかどうかわずかに悩み、やはり正直に話すことにする。

ニコルの言う通り、三人にはずっと協力してもらっていたのだ。

「結論が出たところで悪いが、そもそも昨夜はルチアの部屋を訪れていない」

「嘘でしょう⁉」

「ジュスト様、それはさすがに……」

「………」

ジュストの告白にニコルは悲鳴をあげ、エルマンは唖然とし、シメオンは無言だった。

それほど驚くことかとジュストは思いつつ、持論を展開する。

「私たちは夫婦とはいえ、始まり方が悪かったのは皆も知っているだろう？　やり直しのために告白をして、ルチアの気持ちを確認することができた。要するに、私たちはようやく両想いになれたんだ」

「要するにってまとめなくても、両想いだったんですけどね。――いてっ！」

ちょっと嬉しそうに説明するジュストに、ニコルが突っ込むと、隣に座るエルマンがその膝を軽く叩く。

エルマンは大げさに痛がるニコルを無視して、ジュストに同意しつつ質問した。

「まあ、気持ちの確認は大切ですから、そこまでは理解できました。それでどうして、そこから進まないのですか？」

「先ほども言ったように、私たちは始まりがまずかった。想いが通じ合ったからといって、さあ次というのはどうかと思う。やはり順序は大切だ」

「順序？」

「あ、僕わかりました。昨日、おふたりは晴れて両想いになれたことを確認できました。手も繋ぎ、抱きしめ合って、キスまでしちゃいました。……あれ？　だとすれば順序に問題はないですよ？」

「いや、まだ早いだろう」

「どこがですか？」

「ジュスト様、それは奥手というものでは……」

「………」

ジュストの答えにニコルは突っ込み、エルマンは残念そうに呟《つぶや》き、シメオンは無言だった。

そんな三人の反応を否定するように、ジュストは首を横に振る。

「むしろ、昨日が性急すぎたんだ。浮かれていたとしか言いようがない」

「じゃあ、どうするつもりですか？」

「指南書には、一緒に過ごす時間を重ねていけばいいとあった」

「指南書！　それがあったか～！」

反省するように言うジュストに、エルマンが問いかければ、自信ありげな答えが返ってくる。

再び悲鳴をあげるようにニコルが嘆き、頭を抱えた。

しかし、面白半分に『恋愛指南書』を読むように勧めたのはニコルである。

エルマンとシメオンから責めるような視線を向けられ、ニコルはう〜んと考えて、すぐにぱっと顔を輝かせた。

「結婚式ですよ！」

「結婚式？」

「ええ。最初がまずかったというのなら、やり直せばいいんですから、結婚式をもう一度行いましょう。そうすれば、大手を振って初夜決行ですよ！　——いてえっ！」

ニコルの提案はよかった。

だが、最後の言葉がまずかった。

ジュストもエルマンもおまけのシメオンも納得しかけ、余計なひと言にエルマンからの力強い拳がニコルの脇腹に食い込んだ。

座ったまま痛みに呻《うめ》くニコルを無視して、エルマンがジュストを見ると、その気になっているようだった。

「……では、結婚式のやり直しをいたしましょうか？」

「ああ。だがやはり、ルチアにも希望はあるだろうから、驚かせるよりは先に訊いたほうがいいな」

「……そうですね」

エルマンが指示を仰ぐと、ジュストは頷きかけて、ルチアの意思を確認することに気づいた。

告白はサプライズで成功したが、ルチアはその後でかなり恥ずかしがっていたのだ。

結婚式は乙女の夢だと指南書にも書いてあった。

エルマンもそのことを思い出し、微妙な気持ちで同意したのだった。

＊＊＊

「——結婚式ですか？」

「ああ。前回はその……アーキレイ伯爵領への出発前でおざなりになってしまっていただろう？　せっかくだから、やり直したほうが皆も喜ぶんじゃないかという話になったんだ」

ずいぶん遠回しな言い方だったが、そのほうがルチアが乗り気になってくれるのではないかと考えたのだ。

しかし、ジュストの計画は失敗した。

ルチアは少し考えたものの、にっこり笑って首を横に振る。

「ありがとうございます。ですが、やり直す必要はないと思います。私たちがすでに結婚しているのは事実ですし、もう一度式を行うよりは、復興に力を入れたほうがみんなのためになりますから」

「そうか……」

まったく悪気がないどころか、善意しかないルチアの言葉に、ジュストもそれ以上押すことはできなかった。

ジュストだけでなく、その場に同席していたエルマンやニコル、シメオンも肩を落とす。

ルチアはその空気を察して、受けたほうがよかったのだろうかと後悔した。

ジュストの提案が本当は嬉しかったのだが、もうすぐやって来る冬に備えるためには、のんびりしていられないのだ。

王都のあるこの土地はそうでもないが、北部は雪に閉ざされることもあると学んでいた。

その前に、対策を練っておかなければならないだろう。

この場には、これからの復興と国政について話し合うために、ルチアも呼んでもらえたのだから。

「それでは、今後の備蓄に関しての話だが……。エルマン、今のところどうなっているか、報告してくれ」

「――かしこまりました」

ジュストはルチアが気まずい思いをしているかもしれないと、さっさと本題に入った。

ニコルは不満そうではあったが、エルマンとシメオンはすぐに切り替える。

そしてエルマンの報告を聞いたルチアは強い寒波さえ来なければ、どうにか乗り越えられると聞いてほっとしていた。

「――だが、天候に左右されるというのは不確定すぎて心許ないな。特に北部地方は長年争いが続き、備蓄が不足しているのだから、何か対策を考えていたほうがよいだろう」

「自業自得ですよ。ここ十年は幸いにして天気に恵まれましたけど、いつ寒波がくるか、冷害に襲われるかわからないのに、争ってばっかだったんですから」

ジュストが報告を受けて思案しながら言うと、ニコルがきっぱり切り捨てる。

ルチアは大丈夫そうだと安心したのを恥じた。

不測の事態に備えるのが為政者であり、希望的観測で物事を進めてはいけないのだ。

逆に、ニコルほどの厳しさも必要な時があるのかもしれないが、やはりルチアはジュストの考えに賛成だった。

本来なら、ルチアの持参金で作物を購入し、北部地方に備蓄させることができたのだ。

何か良案はないかと考えていると、シメオンがぼそりと呟いた。

「貧しいからこそ争う。虚しい」

シメオンの言葉に、ニコルさえ沈黙した。

ルチアは前世でも今世でも飢えたことはないが、それでも貧しさが心の余裕を、優しさをなくしてしまうことは知っている。

食べ物だけではない、愛に飢えれば愛を貪欲に求めてしまうのだ。

ルチアは愛されない自分が空っぽな気がして、ずっと愛されようと必死になっていた。

あの苦しさと渇きは、求めるものでしか満たされない。

ただ、愛は求めてもどうしようもないことはあるが、食べ物はどうにかできる。してみせる。

「あの、よろしいでしょうか？」

「もちろん」

前世の癖で、手を挙げて発言の許可を取ったルチアに、ジュストが優しく微笑んで頷いた。

その愛に満ちたジュストの眼差《まなざ》しは心をいっぱいに満たして勇気をくれる。

「まず、作物の――食料の備蓄ですが、このひと冬を越えられるだけのものを、優先的に北部地方に回してはどうでしょうか？　今なら北部地方の領主館や街だけでなく、村里の備蓄庫の確認に間に合うと思います。そうすれば、雪に閉ざされることがあっても、どうにか飢えだけは凌げるはずです」

「でも、それで他の地域が飢えることになったら、どうするんですか？」

「他の地域でしたら移動手段はあるのですから、メント商会や他の商会から急ぎ買い付けます。その……また借り入れることになるので負債は増えますが、民が飢えることはありません」

「確かに、借金なら時間をかけてでも返すことはできるが、寒波は待ってはくれないからな。

雪で閉ざされてしまえば助けることができなくなる」

ルチアの案に、ニコルが疑問の声をあげた。

それは予想できたことなので すぐに答えると、ジュストも納得したように同意してくれる。

「何事もなければ、負債も増えることはなく、備蓄は減ることがないので、春になれば取り越し苦労で終わったと笑うことができます。それが何より一番ですよね」

ほっとしたルチアは備えについての根本的な考えを口にして微笑んだ。

そこに、エルマンがルチアのように手を挙げて発言する。

「北部地方へ優先的に備蓄を回す理由はわかりましたが、村里の備蓄庫を一戸ずつ確認していくのはかなりの手間がかかります。冬までにと急ぐなら、いったんは領主代理に任せてしまったほうが早いのではないでしょうか。そこから各村里に配布してもらえば手間が省けます」

「領主代理については、陛下が任命された方なので信頼できますが、部下の方たち――また村里の長たちはどうでしょうか？　疑うのは申し訳ないのですが、今まで争っていた方々が素直に必要数を申告するとは思えません。飢えを知っているからこそ、より多くを蓄えたくなるのが本能ではないでしょうか。ですから不正を許さないためにも、各村を回る必要があります」

ルチアは性善説を信じてはいるが、全員が正直な善人だとは思っていない。

人それぞれに人生があり、辿ってきた境遇がその人を作り上げる。

初めから悪人はいなくても、実際に世の中に悪人は吐いて捨てるほどいるのだ。

ジュストもニコルも、シメオンやエルマンまでもが、ルチアの辛辣な考え方に驚いたようだった。

それでも、ジュストは笑みを浮かべて頷き、エルマンに向き直る。

「エルマン、後で急ぎ人員を編成してくれ。機動力を考えると事務官と護衛ふたりでいいだろう。また報告が入り次第、荷を出せるように手配も頼む」

「かしこまりました」

ジュストが受け入れてくれ、エルマンから反論がなかったことに、ルチアは肩の力を抜いた。

ニコルとシメオンは特に意見もないらしい。

ところが、ジュストが今度はルチアに問いかけた。

「それで、北部地方の村里の蓄えが報告より実際に少なく、予想以上の備蓄を回さなければならなくなった場合はどうするつもりだ？　買い付けまでにも時間がかかる。我々の備蓄をすべて放出するわけにはいかないだろう？」

「それは……その、先ほどの報告はアーキレイ元伯爵領のものも含めた王家直属の備蓄だけですよね？」

「はい。おっしゃる通りです」

昼食時に話題になった内容の続きだと気づいたルチアは、エルマンへと確認を取った。

エルマンの返答を受けて、ルチアは緊張しながらも意見を述べる。

「今まで……この十年、内乱に加わることのなかった各諸侯、特にアーキレイ伯爵のように静観していた方たちについては、備蓄はもちろんのこと、財産などについても一度調査すべきです。今後、王家に対し叛意《はんい》を持たせないようにするためにも把握しておく必要があると思います」

「それは要するに、王家直轄地、もしくは預かりとなっている領地以外の領主たちの財産を調べるべきだとおっしゃっているのですか？　たとえば、私の領地もシメオンの実家も？」

「はい。その通りです」

ルチアの意見には、さすがに皆が難色を示した。

ジュストでさえも笑みを消し、考えている。

シメオンは今ひとつ何を考えているのかわからないが、エルマンは不服なようだ。

「それはさすがに無理ですよ。そんなことをすれば、また造反者が出てしまいます」

「ニコルはご自分の領地を探られるのは嫌なのですか？」

「それはないですよ。別に隠すものだってないし、備蓄量だってきちんと申告していますから。エルマンだって、シメオンだってそうだよね？」

反対意見を述べるニコルに質問を投げかけると、予想通りの答えが返ってきた。

ルチアはわかっているというように頷き続ける。

「今のところ、多くの国土が直轄地もしくは預かりとなっているので、アーキレイ伯爵が領地転換させせられた今、叛意《はんい》を抱くほど気概のある方がいるのでしょうか？　不満はあっても、おとなしく受け入れるかと思います。もちろん、先に実力行使も厭わない旨を伝えていないといけませんが」

「えー、意外だな。奥方ってけっこう好戦的だったんですね」

「どちらかというと、戦わないための戦略です。今ならまだ戦わずして諸侯を征服することが可能なはずですから」

「なるほどね～。確かに、僕たちがまだ『悪魔』だから、従うってことか。僕としては全然戦うのもありだけどな～」

ルチアとニコルのやり取りを、ジュストもエルマンも黙って聞いていた。

シメオンは当然何も言わない。

ただ、四人ともがルチアの新たな一面を目にして、先ほど以上に驚いているのは確かだった。

ルチアとしてはジュストに幻滅されていないか心配ではあったが、この国が――ジュストがもう争いに身を置かなくてもいいようにしたかったのだ。

そのため、前世知識である江戸幕府開府や歴史上長く続いた国の施策を参考に思案していたのだった。

「それでは、もし過剰な財産が見つかった場合、どうするのですか？　没収などすれば、さすがに黙ってはいないと思いますが？」

「それは……」

納得したらしいニコルに続いて、エルマンが質問を口にした。

答えかけたルチアがちらりとジュストを見ると、励ますような笑みを向けてくれる。

どうやらジュストは呆れも幻滅もしていないらしい。

それがわかっただけでまたルチアは勇気を得ることができた。

「没収はしませんが、支出はしてもらいます」

「支出？」

「ええ。この国にはまだまだ復興に時間もお金も労働力さえかかります。今まで静観していた諸侯たちは十分に力を温存しているでしょうから、国土整備のために金銭的人的支援をしていただくつもりです」

「それを素直に……するしかないんですね」

エルマンは諸侯たちが素直に従うのかと言いかけて、ルチアの笑みから悟った。

ニコルに説明したのと同じ、武力で脅しをかけるのだ。

どうやらみんな理解してくれたらしいと感じたルチアは、実行してもらうための説得をすることにした。

この先、もうジュストたちが戦わないですむように、復興に力を入れ、国を発展させるために必要なことはする。

ルチアは四人をゆっくり見回すと、すうっと息を吸って話し始めた。

「この国の名は、バランド王国です。バランド国王であるジュスト様の国なのです」

そうきっぱり言い切ると、エルマンたちははっと息をのんだ。

三人でさえこの国の形がぼんやりとしたものになっていたのだろう。

「バランド王国が建国されてから長い年月が経ち、諸侯たちの中には王家への恩義も忠誠も忘れ、王家より賜った土地だけでは飽き足らず、さらにと欲を出した者、管理を怠っていた者もおりました。ですが、ジュスト様はバランド王家直系だからというだけでなく、ご自身のお力で勘違いした者たちを正された。まぎれもなく王なのです。ですから、諸侯には改めて己の地位も財産も、王家より賜ったものなのだと自覚してもらわなければなりません。そして、このたびの検分は諸侯たちの忠誠心を測るためにも必要なことなのです。そしてそのことを先にそれとなく通達しておけば、皆こぞって協力してくれるのではないでしょうか?」

そこまで一気に告げたルチアは、大きく息を吐き出した。

バランド王国の成り立ちを様々な歴史書で学び、改めてこの国を治めていくためにも、諸侯への意識改革も必要だと思ったのだ。

本来なら四人だけでなく、もっと多くの者たちからの意見を取り入れてこそ国はよくなるだろう。

ただ、今は急ぎ立て直しが必要であり、悠長にしていられない。

何より、ジュストたちなら大丈夫だと、民にこれ以上の犠牲を強いることはないと確信があるからだった。

「――感服いたしました」

しばらくの沈黙の後、エルマンのきっぱりとしたひと言とともに、ニコル、シメオンまでもが立ち上がって深々と頭を下げた。

突然のことで目を丸くするルチアの膝に置いた手に、ジュストが手を重ねる。

はっとしてジュストを見れば、また温かな眼差しが向けられていた。

「ありがとう、ルチア。これほどに励まされた言葉はない。私は――私たちは大義の下に多くの者たちを殺めてきた。それが許されるとは思わない。それでも、今の言葉でどれだけ救われたか……」

「ジュスト様……」

ルチアは皆が認めてくれたことが嬉しかった。

そして何よりジュストを少しでも助けることができたのなら、勇気を出してよかったと心から思えた。

ジュストはルチアの手を取り、その甲に口づける。

その碧い瞳には温かさと優しさ、そして愛があった。

「はいはーい。イチャイチャするのは後でいいですか～？　ひとまず話し合いを進めませんか？」

「あ、す、すみません……」

「大丈夫でーす。これはもう僕の役目だと思ってますので」

見つめ合うルチアとジュストの間に割り込むように、ニコルの声が響いた。

慌ててルチアはジュストから手を離し、顔を赤くして俯く。

ジュストは残念そうに息を吐いて、ニコルをじろりと見た。

「やはりニコルは馬に蹴られるな」

「僕の愛馬はそんなことしませんよ」

ジュストがぼやくように言うと、ニコルがニコニコしながら答える。

エルマンはやれやれといった調子で大きくため息を吐き、シメオンは無言で席に戻った。

それからは、ルチアの提案――北部地方への備蓄補充と諸侯の財産についての調査について、詳細を詰めていく。

「――財産を没収するわけではないということを強調する必要がありますね」

「はい。そのうえで、隠し立てするなら発覚した時には没収……また処罰も辞さないといったところでしょうか」

「でも今まで自分のものだと思っていたものを、いきなり見せろって言われたら、やっぱり反発しますよね？　アーキレイ伯爵が力をなくした今でも、元アーキレイ伯爵派として水面下で協定を結んでいたやつらがいますから、また手を組んだら厄介ですよ？」

「だが、彼らは実際のところ利害関係が一致しただけの集まりでしかない。アーキレイ伯爵が抜けた今は烏合の衆にもならないだろう」

北部地方への備蓄補充の手配について協議した後。

次は各諸侯への資産状況の調査についての話し合いに移っていた。

シメオンは今のところ一度も発言していないが、しっかり聞いているのはわかる。

「だとすれば、さっさと仲間割れさせればいいんですね」

「仲間でさえないですからね。すぐに割れますよ」

ニコルが明るく言えば、エルマンが微笑んで答えた。だが、その笑顔が怖い。

おそらく、お互いを疑心暗鬼に陥らせて、さっさと国王に与《くみ》するように仕向けるのだろう。

ルチアは見なかったことにして、諸侯たちの財産――特に備蓄について触れた。

「ひとまず備蓄量を正確に把握し、領地に必要数だけ残した後は国へ寄付していただきましょう」

「え？　普通に無茶振りですね！」

ルチアもまた微笑んで提案すると、ニコルが突っ込む。

しかし、ジュストは真面目に受け取って問いかけた。

「そのように通達するのは簡単だが、果たして諸侯が応じるだろうか」

「ですが、アーキレイ伯爵は転封――領地転換するにあたって、伯爵領の備蓄をすべて王家に寄付してくださいましたよね？　そのことをお伝えすれば、皆様も続いてくださるのではないでしょうか？」

「奥方、それって脅しって言うんですよ」

「事実を伝えるだけなのに？」

ルチアが答えれば、ニコルがニコニコしながら指摘する。

そこでわざとらしく驚いてみせると、ニコルだけでなくジュストもエルマンも笑った。

シメオンもにやりと笑いながら、「父に伝えておきます」と言う。

「この国は、あちらこちらに内乱の爪跡が残り、ジュスト様たちは復興に力を注いでいらっしゃいます。ですが、皆様方だけでは限界があります。そこで、先ほども申しました通り、呑気に領地にこもっていらっしゃった方々にも協力していただくべきなのです。もちろん、資金も人員も諸侯持ちで。耕作地の整備にはすでに取りかかっていますから、次にやるべきなのは街道や河川の整備かと思います。そのためにも、もう一度改めて国土の見直し——防衛に秀でた都市作り、国作りの計画が必要ではないでしょうか」

ルチアは前世の歴史の授業で習った『天下普請』を参考に提案した。

前世での父に連れられて、興味もないお城巡りをしたことを思い出す。

江戸城——皇居は当然のこと、名古屋城や大阪城などなど多くのお城見学はしたが、その近くにあるテーマパークには一度も連れていってもらえなかったのだ。

あの時はまったく興味なく、お城だけでなく、川や埋め立てられたというただの土地を見るだけの退屈な旅だった。

正直なところ、本気で学んでいたところで大きく役に立てたとは思わない。

ただあの施策が幕府の権威誇示であり、外様大名たちの経済的負担によって力を削ぎ、忠節の証を立てさせる目的でもあったことは覚えている。

それと同じように、この国でも諸侯たちの力を削いで中央集権国家になれば、内乱など起きないのではないかと考えたのだ。

「ルチアの言うことはもっともだろう。当然ながら、諸侯たちを命令に従わせるために慎重に動かなければならない。また、復興と国作りのための綿密な計画は必須条件だ。かなり神経を使いはするが、幸い頭と度胸だけですむ。私たちの少ない資金と頼もしい兵たちを動かさないですむなら、安いものだ」

ルチアに賛同して、冗談交じりにジュストがエルマンたちに語りかけると、三人も同意する。

だがそこで、珍しくシメオンが口を開いた。

「奥様は……都市作りだけでなく、国作りとおっしゃいましたが、防衛が必要だと思うのですか？」

「そうですね。今すぐ、というわけではありませんが、このバランド王国が二国に——オドラン王国とウタナ王国に接している以上は油断できないと思います」

シメオンの鋭い問いに答えたのは、まだジョバンニの婚約者としてオドラン王国の王宮内で過ごしていた時に得た情報があったからだった。

ウタナ王国では数年前に先王が崩御し、その息子が即位したのだが、新王となった息子は王太子だった兄を弑《しい》して玉座を手に入れたらしい、と。

当時、オドランの政務官たちはいよいよウタナ王国が動き出す、と戦々恐々としていたのだが、幸いにして何もなかった。

しかし、長く内乱が続いていたこのバランド王国には、何か仕掛けてきていたのかもしれない。

ウタナ王国との国境はシメオンの実家であるケーリオ辺境伯が守ってくれていたからこそ、何事もなかったように見えているだけなのかもしれなかった。

もしくは、ウタナ国内の情勢が落ち着いたからこそ、国外へと目を向け始めた可能性もある。

そこでルチアは、シメオンに問い返した。

「シメオンは何かお聞きになっているのですか？」

すると、シメオンはちらりとジュストを見てから頷いた。

「国境の駐屯兵の数が増えました」

「まさか侵攻の準備をしているということですか？」

「まだわかりません」

「そうですか……」

はっきりはわからないが怪しい動きをしているということだ。

なぜ冬を迎えるこの時期に、と思い、ルチアははっとした。

「アーキレイ伯爵に何か不審な動きはありませんか⁉」

そう問いかけたルチアに、シメオンだけでなく、ジュストもエルマンもニコルも驚いたようだ。

この話し合いの時間だけで、ルチアはもう何度も皆を驚かせている。

そこでルチアは気づいた。

「ひょっとして、私とウタナ王国が繋がっていると疑っているのですか？」

アーキレイ伯爵を今の領地へ——ケーリオ辺境伯領の隣へと転封するように提案したのはルチアだった。

もしウタナ王国側が侵攻を開始した後、アーキレイ伯爵がジュストたちを裏切り挙兵すれば、ケーリオ辺境伯ははさみ打ちになってしまう。

さすがに勇猛果敢と言われる辺境伯軍もかなり不利な戦いを強いられる。

しかもルチアは、貴重な兵たちを辺境伯領とは逆の北部地域に向かわせることまで提案したのだから、怪しいことこの上ない。

責められるか問い詰められるかと思ったルチアだったが、我に返ったらしいジュストが慌てて否定した。

「違う違う！　ルチアを疑ってはいない！」

「そうなんですか？」

「ああ。確かに、ウタナ王国の話が入ってきた時はほんの一瞬だけ皆の頭をかすめはしたが、すぐにないと結論が出た」

「それはダメです。もっと疑ってください」

「え？」

ジュストの言葉は嬉しかったが、それとこれとは別である。

ルチアがジュストを窘めると、ニコルが噴き出した。

エルマンもシメオンも笑っている。

「皆さんもですよ？」

「はい。失礼ながら、ジュスト様とともに疑わせていただきました。ほんの一瞬、というのはジュスト様の嘘なので、後で苦情をおっしゃってください」

「ルチア、すまない」

「いえ、安心しました。でも、本当に大丈夫だと思うのですか？」

疑われて喜ぶというのも変な話だが、ジュストが為政者として正しくあることが嬉しかった。

エルマンの言葉に安心したルチアと違って、ジュストはしゅんとしている。

それがまた可愛いと思い、そういえば訊かなければと思い出した。

ただし、それは後だ。

「ちゃんと私が裏切り者じゃないっていう根拠を教えてください」

「それって疑われている本人が言うことじゃないですよ」

ルチアは真剣に言ったのだが、ニコルの突っ込みが入る。

今度はジュストも笑い、ルチアまでおかしくなってしまった。

「……アーキレイ伯爵がウタナ王国と内通していたとして、このたびの措置は逆効果だろう？たまたまケーリオ辺境伯に近い土地に移ってもらうことになったが、今の伯爵には腹心の部下もいなければ、馴染みの従僕さえいない。財産も私兵もすべて私たちの管理下にある。そして今現在、エルマンの信頼する部下に四六時中監視されているんだ。もしルチアが仕組んだのだとしたら失策すぎて心配になるくらいだよ」

「なるほど……」

「私たちが先ほど驚いたのは、ウタナ王国の動きを知ってすぐにアーキレイ伯爵を疑ったことだ。軍事に精通しているならともかく、普通の令嬢はそこまで考えが及ばない……と思っていたのは偏見だったようだ」

「いえ、それはたぶん私が……可愛げがないですよね」

しばらくしてジュストがルチアの疑いが晴れた理由を説明してくれたが、皆が驚いた理由まで話してくれた。

その内容に、ルチアは何と答えればいいのかわからず、ジョバンニたちによく言われた言葉を口にした。

自分が普通の令嬢ではない、前世の記憶があり、知識の底上げをしているとは言えなかったのだ。

ところが、ジュストは優しく微笑んでルチアの頬に触れた。

「ルチアはこんなに可愛いのに、何を言っているんだ？　可愛くて賢くて優しい素敵な女性だということを、ルチアはちゃんと自覚したほうがいい。気をつけないと、悪いやつに利用されてしまいかねない」

「たとえば『悪魔』と呼ばれる王様とかですかね？」

ジュストの優しい碧色の瞳に見つめられると、ルチアはぼうっとしてしまう。

心が一気にジュストでいっぱいになってしまうのだ。

しかし、すぐにニコルの声で我に返った。

ニコルはニコニコしているが、なぜか笑っているように見えない。

「とりあえず、今日はここまでにして、僕たちのいないところで思う存分イチャイチャしてくれませんか？　ジュスト様は明日の朝まで予定もなかったですよね？」

「いや――」

「ありませんでした！　だよね、エルマン？」

「あー、ええ」

またまたニコルに突っ込まれて恥ずかしくなっていたルチアだったが、さらに続いた言葉でニコルが何をにおわせているのかわかって顔が熱くなる。

だが、ジュストが乗り気でないこともわかってしまった。

ニコルとエルマンに気を遣わせてしまっていることが居たたまれなくて、ルチアは気づかないふりをして話題を変えた。

「そうだ！　私はジュスト様が可愛いと思うんですけど、皆さんはどう思います？」

「……はい？」

「ええ？」

「………………」

昼食の時の約束通り、ルチアは質問してみたが、三人とも似たような反応だった。

要するに、あり得ないといった感じである。

「ほら、違うだろう？　私が可愛いはずがない」

「いいえ、そんなことはないです。かっこいいと可愛いが八対二ってところです！」

「いやいやいや、ないですよ！　ジュスト様はかっこいいと頼もしいが半々ですね」

三人の反応にジュストは得意げにルチアに言うのだが、こういうところが可愛いと自覚がないらしい。

そのため、ルチアが言い張ると、ニコルが割り込んで主張してきた。

「確かに、頼もしいもありますね。では、かっこいいと可愛いと頼もしいで、八対二対十でどうでしょうか？」

「え？　割合じゃなくて相対的ですか？」

「褒めてくれるのは嬉しいが、そろそろやめてくれないか」

ルチアが負けずに主張すると、ニコルがわざとらしく驚き、ジュストが照れながら止めに入る。

それがまた可愛いのに、皆は何も思っていないようだ。

見る目がないなとルチアは思いながら、皆と一緒に笑ったのだった。

第二章

「ルチア、今日は急だったにもかかわらず、ありがとう。皆、ルチアが提案してくれた施策に賛成のようだ。まだこれから細かく検討していかなければならないが、中央集権国家として確立できれば、諸侯同士の争いもなくなるだろう。ただ……」

「今はよくても、年月が経てば歪みが出てくるかもしれませんね」

「ああ」

権力が集中すれば必ず汚職などの問題は生まれてくる。

だが今、荒れた国を立て直すには、即決即断が求められているのだ。

ルチアが提案したのは、元々ジョバンニと結婚したら実行しようと考えていたことだった。

表面上は問題ないように見えるオドラン王国も、内部では汚職が進み、地方に領地を持った貴族たちがやりたい放題だったのだ。

そのため、多くの領民が苦しめられていた。

(あれから、どうなったのかしら……)

五人での話し合いが終わり、部屋までわざわざ送ってくれるジュストに答えながらも、ルチアは祖国のことを考えてしまっていた。

ジョバンニはもちろんのこと、国王でさえも優柔不断で頼りない。

先ほど聞いたウタナ王国がその気になれば、あっという間に取り込まれてしまいそうで、ルチアは心配だった。

「――ルチア？」

「はい？」

「珍しく上の空だが、ひょっとして疲れたか？　かなり質問攻めにもあっていたからな」

「いえ、大丈夫です。すみません……」

「謝罪するなら私のほうだろう？」

何かジュストが話していたというのに、ぼんやりしてしまっていたことが申し訳なく、ルチアは謝罪した。

ジュストは忙しい中、こうしてふたりの時間を作ってくれているのだ。

たとえ夜の訪れがなくても、それはジュストの誠実さの表れであり、気にする必要もない。

そこまで考えて、先ほどのジュストの態度を思い出した。

(あれはニコルにからかわれたから否定しようとしただけよね……)

ルチアが無理に微笑んでジュストを見上げると、すぐに目が合ってしまった。

どうやらずっと見つめられていたらしい。

「ルチア……」

「はい？」

ジュストは呼びかけたものの、何も言わない。

ひょっとして何か重大なことを聞き逃してしまったのかもしれないとルチアが不安になっていると、ジュストはいきなり立ち止まった。

「ジュスト様……？」

まだルチアの部屋までは距離がある。

いったいどうしたのかと問いかけたルチアの腕を掴んだジュストは、すぐ傍の扉を開けて入った。

そこは賓客用の応接間で、当然今は誰もいない。

「ここに何が——っ？」

一歩二歩と部屋の中に進み入ったルチアだったが、扉が閉まるとカーテンの引かれた部屋は一気に薄暗くなってしまった。

強引なようでいて、優しく掴んでいた腕を離したジュストが振り向き、ルチアは思わず後退する。

途端に閉まった扉が背に当たり足が止まったルチアを囲むように、ジュストが扉に手をついた。

（こ、これがまさしく壁ドン……！）

前世で憧れていたシチュエーションである イケメンに壁ドンをされたルチアは、興奮したもののそれも一瞬だった。

ジュストはずっと無言のままで、いつもは温かく優しい眼差しも今は暗くてよく見えない。

怖いわけではなかったが、何かあったのだろうかと心配になって、ルチアはジュストの頬にそっと手を触れた。

「ジュスト様？　どうかされたのですか？」

「ルチアは……」

「はい？」

ようやくジュストの声が聞けてルチアは返事をしたが続かない。

ジュストは自分の頬に触れるルチアの手を取り、その手のひらに口づけた。

それから指へと一本一本キスされて、ルチアの心臓は止まりそうになる。

死因は恋。外的要因はキス。

そんなことがあるかもしれないと、現状を処理しきれずどうでもいいことを考えていると、ジュストは手首へとキスをしてそのままルチアを引き寄せた。

「好きだ、ルチア」

「はい」

「愛している」

「はい」

強く抱きしめられ、愛の言葉を囁《ささや》かれ、ルチアはもう限界だった。

ジュストの片手がルチアの艶やかな髪に触れたかと思うと唇が重ねられる。

今までの優しく触れるようなキスとは違い、唇へのキスは激しく、ジュストが抱きしめ支えてくれていなければ立っていられないほどだった。

しかし、唐突にキスは終わり、ジュストが数歩後退してルチアから離れていく。

「……ジュスト様？」

何が何だかわからないうちに、ジュストは窓際へと近づき、勢いよくカーテンを開けた。

一気に光が差し込み、ルチアは眩しさに目を細める。

ジュストは逆光になっていて、どんな表情をしているのかわからず、ルチアは戸惑うばかりだった。

きっと真っ赤になったルチアの顔は見られているはずだ。

「すまない、ルチア」

「え？」

「寄り道をしてしまったな」

「そう、ですね」

ゆっくりと歩み寄ってきたジュストの顔にいつもの優しい笑みが浮かんでいるのが見えて、

ルチアはほっとした。

いったいどうしたのか知りたくはあったが、ルチアは問いかけることはしなかった。

ジュストからの愛の告白が嘘だとは思えない。

それなら不安になることはないのだと、ジュストに再び手を引かれて部屋へと戻りながら、ルチアは自分に言い聞かせた。

＊＊＊

ジュストはルチアを部屋まで送り、執務室に戻りながらひとり大反省会を行っていた。

先ほどの自分の狼藉が許せない。

上の空のルチアが祖国のことを――ジョバンニのことを考えていると、なぜか気づいてしまったのだ。

途端に頭の中が嫉妬に支配され、衝動を抑えることができなかった。

何も言わないまま手近な部屋へと連れ込み、不安がるルチアにいきなりキスしてしまうほどに。

どうにか理性をかき集め、ルチアから離れることに成功はしたが、あのままだとソファに押し倒していただろう。

謝罪はしたが、そんなもので許されることではなかった。

その後は何事もなかったように部屋まで送ったが、そこまで無言だったのもまずい。

（だが、ルチアは不安がってはいたが、嫌がってはなかった……よな？）

ジュストは執務室に入り、改めて先ほどの状況を思い出した。

背後を扉で阻まれたルチアを追いつめ、両手で囲って逃げられないようにしたのだ。

不安そうに見上げたルチアは、それでもジュストを心配するように、手を伸ばし頬に触れてきた。

その手は温かく柔らかで、ルチアの何もかもが愛しくて、こみ上げる凶暴な衝動をどうにか抑えていたのに。

結局はもっと触れたくて、触れればさらに欲しくなって、強く抱きしめ、昂ぶる感情のまま愛の言葉を口にした。

そして、唇に激しいキスをしてしまったのだ。

どうにか理性を取り戻したのは、扉の外——廊下を歩くメイドの気配を察したからだった。

もしメイドが——もしくは他の者でも入ってきたら、ルチアは酷く混乱しただろう。

恥ずかしがるのはもちろんのこと、あのような場で襲いかかるようにキスをするなど泣きだしたかもしれない。ひょっとして今は怒っているかもしれない。

（やはり一度戻って、誠心誠意謝罪したほうが——）

くるりと踵《きびす》を返してルチアの部屋へと戻ろうとしたジュストだったが、ふと気づいた。

ジュストの告白にルチアはただ返事をしていただけだったのだ。

（いつもなら、恥ずかしそうに「好き」だと返してくれるのに……）

真っ赤になった可愛い顔で照れながら「好き」と言われたくて、ジュストは何度も愛の告白をしてしまうのだ。

ルチアはいつも律儀に愛の言葉を返してくれる。

それが先ほどはただ「はい」と返ってくるだけだった。

（嫌われたのか……）

ジュストはどさりと椅子に座り、頭を抱えた。

ニコルたちには偉そうに順序を守るなどと言っておきながら、実際は嫉妬にかられて暗い部屋へと連れ込み、襲いかかったも同然のことをしたのだ。

あそこでメイドが通りかからなかったらどうなっていたか。

我に返ってルチアから急ぎ離れ、無意味にカーテンを開けただけだったが、陽の光を浴びてかなり冷静になることができた。

（夜はルチアと会わないほうがいいのかもしれない。せめてしばらくは……）

薄暗いだけの部屋であれほどに理性が消えてしまうのだから、夜にベッドにいるルチアを目にしたら、正気ではいられなくなる気がする。

ジュストはまるで吸血鬼か狼男のようなことを考え、かなり反省していた。

それでも仕事は待ってくれないので、仕方なく積まれた書類に手を伸ばす。

ルチアの提案はエルマンがすぐに詳細を検討し、さらに精査して計画を立ててくれるだろう。

その他にもやらなければならないことは山積みだった。

それはジュストだけでなく、この城の者は皆が同様である。

とにかく、信用できる人物が圧倒的に少ない。

慢性的な人手不足は深刻で、ルチアが結婚式のやり直しを断ったのも、そのことを気遣ってくれているのだと思えた。

（それだけではないかもしれないが……）

あの時のルチアの申し訳なさそうな笑みを思い出し、ジュストはずんと落ち込んだ。

すぐに溜まる書類を素早く処理しながらも、ルチアが結婚式のやり直しを断った理由を予想していく。

人手不足、資金不足、時間不足、愛情不足……とそこまで考えて、愛情はあるはずだと思い直す。

だとすれば、すべて理由はジュストに甲斐性がないせいだった。

（情けなさすぎる）

プライドを優先させ、意地を張って持参金を突き返したばかりにメント商会のカルロに借りを作り、ルチアに苦労をさせてしまっている。

最初からルチアを歓迎し、時間がなくても質素でも、せめて温かな結婚式を行っていれば、と何度も繰り返した後悔に再び襲われた。

（いや、だが……）

ジュストは書類に書き込んでいた手を止め、先ほどのルチアを思い出すように自分の唇に触れた。

本来ならジュストの態度は怖がってもおかしくないほど酷かったが、ルチアは怖がるどころか心配までしてくれていた。

不安はあったようだが、それもやはりジュストを心配してこその気がする。

（普通の令嬢なら……）

そこまで考えて、ジュストははっとした。

ルチアを『普通の令嬢』などと比べるのは間違っている。

それなのに、ジュストは先ほどの話し合いでも『普通の令嬢』などと言って、ルチアを傷つけたのだ。

あの時は特に誰かと比べたわけではない、一般論として口にしただけだったが、ルチアに自分のことを『可愛げがない』とまで言わせてしまった。

そのように思わせたのは、きっと過去の経験――あの父親や兄、そして元婚約者などなのだろうが、そのひとりにジュストまで加わろうとしている。
ルチアは誰とも比べようのない唯一なのに。
あれほど強く優しく、愛らしい女性などいない。
そんなルチアの愛を失わないために、今以上に好かれるように努力を続けると、ジュストは
ニコルたちに宣言したばかりなのだ。
ジュストはうじうじ悩むのをやめ、ルチアに相応《ふさわ》しくなれるよう、まずは目の前の仕事を片
付けていくことにした。

それからしばらくして、ノックの後にエルマンとニコルが現れた。

エルマンは書類がほとんど片付いていることに気づき、片眉を上げたが口にはせず、新たな
書類を差し出す。

さっそく北部地方の備蓄量確認のための計画を立てたらしい。

「この短時間でよくここまでできたな。助かるよ」

「人員構成についてはニコルに任せましたから」

「僕は行きませんけどねー。行くならウタナ王国がいいな」

さっと目を通したジュストの言葉に、エルマンは大したことありませんといった調子で答え
た。

ニコルもまた明るく物騒なことを言う。

「このままできる限り早めに進めてくれ。まさかとは思うが、やはりウタナ王国のことは気にかかるからな」

「そうですね。ケーリオ辺境伯が守ってくださっている限り心配はないと思いますが、なにせ実の兄を手にかけたような王ですからね。ですが、ウタナ王国の者が簒奪者に素直に従っているところをみると、それだけ恐ろしい人物なのか、それとも王太子だった兄のほうに問題があったのか……。急ぎ情報を集めます」

「だから、僕が行くのにー」

「馬鹿なことを言わないでください。将軍のあなたが潜入したのが発覚すれば、本当に戦争になりかねないでしょう」

「失敗しない自信はあるのにな」

今まで潜入に長けた者を国内に置いていたので、まだ国外の情報には疎いのだ。

当然、知るべきことは調べさせてはいるが、やはり諸外国の王城内部にまで精通することは難しかった。

それについてはこれからといったところだったが、幸いにしてオドラン王国に関してはルチアがいてくれる。

そこでふと、ジュストは気づいた。

「ウタナの新国王については、ルチアに聞いてみよう。彼女なら私たちより詳しいんじゃないか」

「確かにそうですね」

「うんうん。シメオンのあの質問ひとつですぐにアーキレイ伯爵にまで結びつけるんだから、すごいですよね」

他国の情報を妻に訊くなど、以前のジュストならプライドが許さなかっただろう。

だが今は、ルチアと比べるとプライドなどちっぽけなものだとジュストは実感していた。

持参金に関してだけは、ルチアとオドラン王国との縁を切ってしまいたかったので仕方ない。

苦労させてしまっているのは申し訳ないが、その分はこれから取り返すつもりだった。

「ジュスト様、もう一点報告があります」

「何だ？」

優先順位として、北部地方のほうが上だったのだろう。

ジュストはエルマンに答えながらも、改めて書類に目を通し始める。

「近日中に、ウィリアム様がお戻りになるそうです」

予想外の内容にはっと顔を上げたジュストは、すぐに嬉しそうな笑みに変わったのだった。

＊　＊　＊

翌日の昼食前。

この日も一緒に昼食をとろうとジュストに誘われ、ルチアはドキドキしながら待っていた。

昨日はあれからジュストと顔を合わせることがなかったのだ。

最近はずっと一緒にとっていた夕食も、当分は忙しくなるのでひとりで食べてほしいとの言付けを聞いて、かなり落ち込んでいた。

しかし、今朝になってまた昼食に誘われたので、嫌われてはいないとルチアはほっとした。

ジュストがあれほどに伝えてくれる愛を疑うなど馬鹿げている。

わかっているのに過去の経験から、どうしても愛が消えてしまうことに怯《おび》えてしまうのだ。

特に夜ひとりでベッドに入ると不安が押し寄せてくる。

いっそのことあの扉を開けてしまおうかと、昨夜もかなり葛藤した。

それでも、ジュストを信じると決めたのだから、と自分に言い聞かせ、その時がくるに任せることにしたのだった。

「――すまない。また待たせてしまった」

「いいえ、大丈夫です」

慌てた様子のジュストが今日は廊下側の扉から入ってきた。

昨日と同じジュストの部屋での昼食はやっぱり緊張する。

だが、着替える暇もないほど忙しいのだと思うと、夕食を一緒にできなくなったことに落ち込んでいる場合ではなかった。

こうして昼食を一緒にしてくれるだけでも嬉しい。

「ジュスト様、何か私にお手伝いできることはありませんか？　計算なども得意ですよ？」

この城が人手不足なのはわかっていたので、せめて事務方の仕事でも手伝えないかと訊いてみた。

前世でそろばんを習っていたこともあり、暗算もできて数字には強いのだ。

そのため、派遣社員として経理部門や総務の福利厚生などをよく担当していた。

「今のところは大丈夫だ。ありがとう、ルチア」

「そうですか……」

やはり国王の妻が事務作業をしているのはまずいのかもしれない。

だからといって、四人の話し合いに時々参加することはあっても、公に国政にかかわるのはジュストの立場もないだろう。

ルチアの立場上難しかった。

ルチアは隣国オドラン王国から嫁いできたからだ。

この城の者たちはルチアを慕ってくれているので問題ないのだが、噂《うわさ》になるのは避けられない。

そうなると諸侯が不信感を募らせる可能性が高かった。

ただでさえ、ルチアが嫁いできて早々、アーキレイ伯爵が転封されたのだから、関連性を疑われる。

間違っても、国王が隣国から嫁いできた花嫁に唆《そそのか》され操られている、などとは絶対に思われてはならないのだ。

城の女主人としては、有能な使用人たちばかりなので、はっきり言ってやれることはもうほとんどなかった。

掃除も隅々まで行い、食糧倉庫の点検も終え、使用人たちの待遇に関しても改善中である。

「ところで、ルチアに訊きたいことがあるんだが……」

「はい、何ですか？」

「ウタナ王国について、知っていることがあれば言える範囲でかまわないから教えてほしい」

何か役に立てないかとルチアが考えていると、ジュストから質問された。

しかし、オドラン王国の不利になるなら話さなくてもいいとジュストは気を遣ってくれている。

その優しさがルチアは嬉しかった。

「ウタナ王国について話したからといって、オドラン王国に影響はありません。今のところ、ではありますが。ですから、私の知っている範囲でならすべてお伝えできます。どのようなことでしょうか？」

ルチアが明るく答えれば、ジュストはほっとしたような嬉しそうな笑みを浮かべる。

もうそれだけで、ルチアの心は満たされた。

（これは、推しに貢ぐ気持ちがすごくわかる！　しかも無課金でいけるなんて、知識最高！）

内心ではジュストの笑顔にじたばた悶えながら、表面上は余裕の笑みを浮かべていた。

ジュストは本当に優しいので、ルチアが萌え悶えていると心配をかけてしまうだろう。

「ウタナ国王について、臣下や民はどう思っているのか知っているだろうか？　本来、兄を殺して玉座を奪うなど、簒奪者として忌避してもおかしくないだろう？　今のところ、そのような話は聞かないが、即位当時はどうだったか、皆を抑えつけているのか、望まれているのか知りたい。血の気の多い王なら、それなりに対処しなければならないからな」

「そうですね……。私も密偵を雇っていたわけではないので、オドラン王宮内で手に入れられた情報くらいしかないのですが……。当初は驚き怯えていた民も、結局は何もなく安心したようです。兄君のほうは暴虐な性格で有名でしたから。我が国も——いえ、オドランでも警戒していたのです。もしその王太子が即位することになれば、オドランにまでその暴力性が向けられるかもしれないと。これも噂ですが、先代国王である父親は病死ではなく、王太子に弑されたのでは、というものがありました」

「ということは、兄は父を殺し、その兄は弟に殺されたというわけか。皮肉だな」

「ええ。実際のところ、この三年間で特に動きもなかったので、オドラン王国側は警戒を緩め、公的に国交を再開しようとする動きもありました。商人たちの往来を禁止していたわけではありませんので、物流に問題はありませんでしたが、先王の時代に一方的に断交されてしまったんです。理由は国境線の主張が……」

「まさか領土問題か？」

「そうなりますね。向こう側が提示してきた地図と現在の国境線が違うと言ってきていたようです。私はその頃はまだ王宮にいなかったので詳しくは知りませんが、このままでは戦になるのではないかと民が心配していたのを覚えています」

実家の公爵領にいても噂が入ってきていたくらいだから、王都ではもっと酷かったのかもしれない。

ただ父も兄も、そんな心配はいらないと呑気にかまえていた。

あの時は、国の中枢にいる父たちがそう言うのだからと素直に信じていたが、今考えると疑わしい。

「まさか、ケーリオ辺境伯領の境界に難癖をつけてくるつもりではないですよね……」

国内情勢が落ち着き、他国へ目を向けようとしているのなら、かなり厄介だった。

そもそも、ジュストたちは『四人の悪魔』と恐れられ、隣国まで噂されていたというのに、現ウタナ国王については特に何もない。

暴虐と噂のあった王太子がいた頃は、オドラン王国内でもウタナ王国のことは警戒していたというのに、本当に大丈夫なのか不安になってくる。

「意外と、ウタナ王国側が侵略を警戒して兵を増やしているのかもしれないな」

「あ、確かに……」

ジュストの言葉に、ルチアはあっと気づいた。

オドラン王国内でもジュストたちの噂は有名だったのだから、ウタナ王国内で知られていないはずがない。

だとすれば、それこそ国内の争いを平定したジュストたちが国外へと目を向けると心配して、国境警備を強化しているとも考えられるのだ。

「もうすぐ、メント商会がやってくるのですよね？　ウタナ王国のことは、カルロが詳しいと思いますので、訊いてみましょう」

「……そうだな。では、ルチアに頼んでもいいだろうか？」

「お任せください」

やはり噂は商人が一番正確で詳しい。

そのためルチアはカルロに詳細を訊《たず》ねることを提案したが、本来は商人から話を聞きだすのはかなり難しいのだ。

それを気軽に質問して答えを得られるのは、ルチアだからだった。

しかし、ルチアにその自覚はないらしく、ジュストに頼まれたことで嬉しそうに笑う。

ジュストはそんなルチアを愛しげに見ていたが、伝えなければならないことを思い出した。

「そうだ。ルチア、実は近いうちに私の従弟が城に戻ってくるんだ」

「ジュスト様の従弟……ですか？」

「ああ」

初めて聞く存在にルチアは戸惑った。

それを察して、ジュストは悪戯が成功したように楽しげに笑う。

「あまり国内でも知られていないので、ルチアが知らなくても当然だろう。名前はウィリアム・バランド。父親である私の叔父が幼い頃に叔母と共に事故で亡くなってしまったので、センプバー公爵の他にいくつかの爵位を有している。両親を亡くしてからは王城で私とともに育ったから、弟のようなものだな。ただ、父と同様にあまり体が丈夫ではなく、国内の情勢が悪化した時に療養も兼ねてフルトン公国で過ごすことになったんだ」

「では、久しぶりの再会になるのですか？」

「ああ。七年ぶりになる」

「それは楽しみですね」

「そうだな。年は確か……二十一歳になったはずだから、ルチアのほうが近いな」

嬉しそうなジュストを見て、ルチアまで嬉しくなった。

七年ぶりの従弟の帰還を素直に喜んでいる様子から、かなり親しかったことがわかる。

従弟に久しぶりに会えるというだけでなく、唯一の王位継承者が戻れるほどに国内が安定したことが嬉しいのかもしれない。

その後は他愛のない楽しい会話を続け、昼食を終わらせたのだった。

第三章

数日後。

カルロが王都に到着したとの知らせと共に、ジュストの従弟であるウィリアムが帰還した。

どうやらメント商会と共に旅をしてきたらしい。

そして王都に滞在するカルロたちを置いて、王城へと帰ってきたのだ。

七年ぶりのウィリアムの帰還に、古参の使用人たちは沸いていた。


ルチアとジュストも王城の正面扉前で待つ。

ほんの数カ月前はルチアがこうして迎えられる側だったことを思うとおかしかった。

ウィリアムはあの時のルチアと同じ、メント商会の馬車で戻ってきたのだ。

皆が待ち構える中、降りてきたのは背の高い男性の姿。

すぐさまニコルが喜び駆け寄る。

「嘘でしょう⁉　本当にウィリアムなの⁉」

「久しぶり、ニコル。七年経っても変わってないですね？」

「ええ？　それ僕が若いってこと？　知ってるよ～。でも、ウィリアムは変わりすぎでしょ！」

ニコルと話すウィリアムは、ルチアからは逆光になってよく見えなかった。

ただ光を浴びた金色に輝く髪が印象的である。

思わず目を細めたルチアは、馬車の影に入ったウィリアムの姿をはっきり見て息をのんだ。

髪色以外はジュストにそっくりだったのだ。

あえて言うなら、今より少し若く見えるくらいだろう。

何だか嬉しくなって、ルチアは微笑みながらジュストを見上げた。

途端にジュストとしっかり目が合う。

「ジュスト様？」

ニコルのように駆け寄るまではしなくても、ウィリアムではなく自分を見ていることに、ルチアは驚いた。

ジュストはルチアの声にはっとして、すぐに微笑む。

「ルチア、紹介するからおいで」

「は、はい」

差し出されたジュストの手を取りながら、ルチアは心臓が口から飛び出さないか心配した。

ジュストの優しい低音ボイスで「おいで」と言われたのだ。

このまま幸せにひたっていたかったが、ジュストの家族に紹介される一大イベントがある。

緊張はするが、エルマンやニコル、シメオンの他に、また別にジュストに大切な人がいるのはやはり嬉しかった。

ルチアにとって大切な人の大切な人は大切にしたい。

(『大切』がいっぱいだわ……)

考えるとおかしくなって、ルチアはふふっと小さく笑った。

『大切』が増えるのは幸せが増えることなのだと思える。

ニコニコするルチアをジュストは一瞬心配そうに見たが、すぐにウィリアムへと向き直った。

「ウィリアム、無事にこの城にまた迎えられて嬉しく思う。おかえり」

「ジュスト兄様——あ、いえ。陛下、ありがとうございます!」

「今までのように呼べばよい」

「はい、兄様。ありがとうございます!」

ジュストに声をかけられ明るく答えるウィリアムは、まさに弟そのもの。

近くで見れば碧色の瞳から顔立ちから本当によく似ており、声まで似ているのだからルチアは萌えた。

(尊い。これが〝尊い〟というものなのね……。神様、ありがとうございます!)

推しがもうひとり増えたなどご褒美でしかない。

ルチアは表情筋を全力で使い、普通の笑顔を浮かべた。

そうでなければ、にやけてふにゃふにゃした笑顔になってしまっただろう。

ルチアがどうにか推しふたりの尊さに拝まず耐えていると、ウィリアムの眩しい笑顔が向けられた。

ジュストとよく似た顔なのに笑顔が違う。

前世でゲームはほとんどしなかったルチアだが、数少ない友人がアナザーカラーを手に入れるために重課金していた理由が身に染みてよくわかった。

（これは天井知らずでも回してしまうわ……）

あまりの尊さにぼうっとしまっていたルチアは、ジュストの麗しい声で我に返った。

「ウィリアム、妻のルチアを紹介しよう。ルチア、彼が私の従弟でセンプバー公爵ウィリアム・バランドだ」

「……初めまして、閣下。ルチアです」

「はじめまして、王妃陛下。僕のことは、どうぞウィリアムとお呼びください」

そう言ってウィリアムはルチアの右手甲に口づけた。

ルチアはその挨拶に照れるよりも、『王妃陛下』と呼ばれたことに驚いてジュストを見上げたが、優しい微笑みが返ってくるだけで、否定することはなかった。

エルマンやニコルたちも疑問に思っていないらしい。

確かに、愛の告白をされた時に改めて「王妃になってほしい」とは言われたが、本当にいいのだろうかとルチアは不安になった。

きっと戴冠式のような儀式などがあれば、自覚もできるのだろう。

しかし、今の国内情勢での式典はまだ難しかった。

「あの、よろしければ私のこともルチアと呼んでください。ウィリアムはジュスト様の従弟なのですから、家族のようなものでしょう?」

ジュストのことを「ジュスト兄様」と呼ぶくらいなのだ。

いっそのこと「姉様」なんて呼ばれたら、と考えるだけで悶え死ねる。

すべての萌えを全力の表情筋の下に隠したルチアの言葉に、ウィリアムはぱっと顔を輝かせた。

「ありがとうございます！　それでは、ルチア様と呼ばせていただきますね?」

「ええ……」

このまま溶けるんじゃないかというくらいの光を浴びて、ルチアは思わずジュストの腕にしがみついた。

すると、ジュストが心配そうにルチアに顔を寄せる。

「ルチア?」

「はわっ――！」

危うく奇声をあげるところだったが、ルチアはどうにか耐えた。……たぶん。

それから急ぎ笑顔を作り直し、ジュストの碧色の瞳からわずかに目を逸らして問いかけた。

「どうかされましたか？」

「いや、何でもない」

今、ジュストまで直視してしまうと完全に溶けてしまう。

ルチアは頷いて応えると、自分も以前乗った馬車へと視線を向けた。

本当にあの嫁入りの時には考えもしなかったくらい幸せなのだ。

優しくて温かくて思いやりがあって、強くてかっこいいジュストが自分の夫だなんて、未だに夢ではないかと思う。

「噂に聞いていたとおり、本当に相思相愛って感じですね」

「え？」

「ああ」

ウィリアムがにこやかに口にした言葉に、ルチアは驚き、ジュストは素直に頷く。

ルチアは即座に肯定してくれたジュストを嬉しく思いながらも、気になって問いかけた。

「あの、噂というのは……」

ウィリアムは今までフルトン公国――ルチアの故郷であるオドラン王国の隣国に滞在していたのだ。

まさかそこまで噂が流れているのかと驚いたルチアだったが、そこでカルロたちから聞いたのだろうと思い至った。

「カルロからお聞きになったのですか？」

「いえ、フルトン公国滞在中から噂になっていましたよ」

「え……」

国を跨いでまで噂が流れていることに、ルチアは顔を赤くした。

嬉しいけど恥ずかしい。そして、自分が相手で申し訳ない。

複雑な女心に言葉を失うルチアに、ニコルが明るくとどめを刺す。

「そりゃそうですよね～。だって、ジュスト様はオドラン王宮にまで花嫁を取り戻しに行ったんですから。そんなロマンスが広まらないわけないじゃないですか！　僕、目撃者として詳しく証言できますよ」

「それはやめてください」

もし、ルチアがただの目撃者だったのなら、純粋に悶えて萌えを広めただろう。

だがどうしても、ジュストの相手が自分であることが惜しかった。

もちろん、ジュストに愛されている幸せは誰にも譲れない。

ただ、それとこれとは別なのだ。

ルチアはちらりとウィリアムを見て、輝く金色の髪が羨ましく、小さなため息を吐いた。

（せめて私が金色の髪だったらよかったのに……）

コンプレックスだった赤毛も、ジュストが綺麗だと何度も言ってくれるので好きになれてきた。

それでもおとぎ話に出てくるお姫様の挿絵は金色の美しい髪ばかりで、あの夢のような瞬間が語られる時に赤毛だと今ひとつ盛り上がらないと感じてしまうのだ。

「――さて、感動の再会もいいですが、場所を移しましょう」

「エルマンは変わらないね」

「畏れ入ります、ウィリアム様」

親しげなニコルと違って、エルマンは礼儀正しくウィリアムに接している。

ウィリアムはジュストの従弟であり、王位継承者なのだから当然ではあった。

（でもそれって、ジュスト様の子どもができるまで……）

もちろん継承権がなくなるわけではなく、順位が下がるだけなのだが、ルチアは自分で考えていながら顔が熱くなった。

要するに、ルチアがジュストの子を――男児を生む必要があるのだ。

結婚してからずっと、アーキレイ伯爵などの国内情勢や、実家や元婚約者のジョバンニなどの問題に気を取られていたのでうっかりしていた。

そもそもルチアの一番の役目は、城の女主人としてでも、国政を支えることでもない。

（そこまで考えてなかったー！）

ルチアは超絶今さらなことに気づいて、超絶内心で焦った。

呑気にジュストがその気になるまでなどと考えていたが、すなわちそれは嫁失格。

ジュストの気持ちはありがたいが、ここはやはりルチアから動くべきではないのだろうかと考えた。

だからといって、どうすればいいのかわからない。

「――ルチア、何か悩み事があるのか？」

「はい？　あ、いえ！　大丈夫です！」

悶々と考えているうちに、気がつけばルチアは自室の前に戻ってきていた。

いつの間にウィリアムやエルマンたちと別れたのだろうと考え、はっとする。

「ウィリアムが！」

「どうかしたか？」

「あの、ウィリアムのお部屋への案内は……？」

「必要ないと話しただろう？　七年経ったとはいえ、ここはウィリアムの家でもあるのだから」

「あ、そうでしたね」

女主人としてもてなしもせずにぼうっとしてしまっていたことに慌てたルチアだったが、ジュストに指摘されて先ほどのやり取りを思い出した。

ウィリアムが帰ってくると知って、以前使っていた部屋を改めて整え、準備をしていたのだ。

つい今しがたそのことを伝えると、ウィリアムは案内はいらないと言ってさっさと部屋に向かった。

心ここにあらずの状態で、無意識に会話していたのはあまりに失礼で、ルチアは落ち込んだ。

「ウィリアムに悪く思われていなければいいんですけど……」

「……別にそんな心配はいらないだろう。ウィリアムは上機嫌だったようだ」

「そうですか？　それなら安心しました」

ほっとしたルチアは、今度は急にジュストとふたりきりなことを意識してしまった。

ジュストと話しながらも促されて部屋に入った時、マノンたちは気を利かせて下がってしまったのだ。

「あ、えっと、お茶でもいかがですか？」

「いや、もういかなければ。残念ながら、まだ仕事が残っているんだ」

「そうですか……」

わざわざ部屋まで送ってくれたというのに、席も勧めず立ったままだった。

ジュストとの仲に気を取られて、目の前のジュストを疎かにするなど本末転倒である。

ルチアは急ぎお茶に誘ったが、断られてしまってはもう何もできないまま、申し訳ない気持ちでいっぱいでジュストを見上げた。

「お忙しいのに、ここまで送ってくださり、ありがとうございます」

「私がルチアと少しでも長くいたかっただけだから、気にしないでくれ」

いつもと変わらない優しい言葉に、なぜだか泣きたくなってきた。

本当はもっと一緒にいたい。せめて夜を一緒に過ごせたら。

そんな言葉が喉まで出かかって、ルチアはぐっと堪えた。

「それでは、あまりご無理をなさらないでくださいね」

「ああ、ありがとう」

ルチアが微笑んで見送ると、ジュストも微笑み返して扉に向かった。

しかし、不思議そうに振り返る。

「どうかしたか?」

「え?」

ジュストに問いかけられて、ルチアは何のことかと首を傾げた。

ところが、ジュストの視線を追って下を見ると、ルチアの手は勝手にジュストの上着の裾を掴んでいる。

「あ! すみません!」

慌ててルチアは手を離したが、自分でも耳まで赤くなっているのがわかった。

無意識の自分の行動が恥ずかしすぎる。

しかし、ジュストは素早くルチアの手を掴むと、大切なものを扱うように両手で優しく包んだ。

「この手がルチアの本心だと嬉しい」

そう囁いて、ルチアの手に感謝するようにキスをした。

ルチアも思わずもう一方の手でジュストの手に触れ、同じようにキスを返す。

「こちらの手も本心です」

悪戯っぽく笑ったルチアをジュストは愛に満ちた眼差しで見つめ、今度は唇にキスをした。

それからしばらくふたりは見つめ合い、ルチアが背伸びをしてジュストにキスをすると、名残惜しげに離れる。

「これは本心ではありませんけど、いつまでも引き止めるわけにはいかないので我慢します」

ルチアはそう言いながら、一歩二歩と後退した。

ジュストもまた名残惜しげにしたが、ルチアを捕まえることなく、残念そうにため息を吐く。

「私も本心ではないが、出ていくしかないな」

諦めたように呟き、ジュストは扉を開けた。

そして部屋から出ると、最後までルチアを見つめながら静かに扉を閉めたのだった。

＊　＊　＊

「ジュスト様、遅いですよ〜」

仕方なく書斎に戻ったジュストは、不満げに言うニコルに迎えられた。

とはいっても、ニコルはニコニコしている。

「そんなに奥方との時間が惜しいなら、さっさと夜を一緒に過ごせばいいのに」

「ニコル、そこまで我々が口出しをするのは失礼ですよ」

「え〜、本当はエルマンだって思ってるくせに。ムッツリスケベだからなあ、エルマンは」

「はい？　誰がどう何ですって？」

「ほらほら、仕事仕事。シメオンが留守なんだから、その分いっぱい仕事はあるよ」

自分でケンカを売っておきながら、ニコルはさっさと離脱して書類を手に取った。

シメオンは軍部での活躍が目立つが、実は書類仕事も手際よく片付けていくのだ。

そのシメオンがオドラン王国との国境に面する土地の復興のため、留守にしているのはかなり痛い。

やはりどう考えても人手が――機密事項を扱える人材が足りなかった。

「……ウィリアムのことはどう思う？」

「立派になりましたよね〜。前は僕より背も低かったのに、抜かされちゃったよ」

「先ほどお部屋までご一緒した時に少し話をしましたが、国際情勢にも精通しているようでしたね。フルトン公国にいらっしゃる間、かなり勉学に励まれていたようです。お体もずいぶん丈夫になったそうで、最近では寝込むこともないとおっしゃっておりました」

「そうか……」

ウィリアムについてエルマンとニコルの意見を聞いたジュストは、頷いた後に考え込んだ。

正直なところ、想像以上に成長していたウィリアムには驚いていた。

二十一歳になっているとわかっていても、やはり別れた時の十四歳の印象が強かったからだ。

特にあの頃は病弱で体も小さく細かった。

それが七年ぶりに戻ってきたウィリアムは、成長しただけでなく、鍛えられた体躯をしており、体が丈夫になったこともすぐに見て取れた。

だが、昔からの明るい性格は変わっておらず、人の好さがにじみ出ているウィリアムにルチアが見惚れていたのも当然だろう。

美男美女のふたりが並ぶと、ジュストは邪魔者のような気分になるほどお似合いに見えた。

実際、血にまみれた自分よりも、ルチアにはウィリアムのほうが相応しいのだ。

ジュストは握っていたペンを置くと、自分の右手をじっと見つめた。

最近できたばかりのペンダコと違って、剣ダコはすっかり固くなり、ごつごつしている。

だが、ルチアはこの手に触れ、キスしてくれたのだ。

これが本心だと。

無意識だったらしいが、ルチアが引き止めてくれたのは本当に嬉しかった。

裾を掴んだルチアが可愛すぎて、心臓まで掴まれたかのようで、思い出すだけで痛くなる。

「ジュスト様、顔がにやけてますよ～」

「ニコル、あなたは目の前の書類に集中してください」

「エルマンは何があったか気にならないの？　まあ、奥方から愛の告白をまたされたとかどうとかだろうけどね。ジュスト様があんな顔をされるんだから」

「ニコル、いい加減にそのよく開く口を縫い合わせましょうか？　上手いですよ、私の縫合は」

「知ってるけど、いりませ～ん」

シメオンがおらずジュストが参加しなくても、変わらずふたりは煩い。

それでも何だかんだと書類は片付いていく。

ジュストはルチアの可愛さを反すうするのをやめ、ウィリアムについて再び考えた。


ウィリアムは七年前までは何を考えているか手に取るようにわかっていた。

しかし、離れていた間に姿だけでなく、考えも変わった可能性はある。

内乱を収めるのに気を取られるあまり、ウィリアムのことは放ったらかしだったのだ。

手紙でのやり取りさえしていなかったのだから、万が一にもこのバランド王国にとって不利益な思想を抱いているかもしれない。

そのため、たとえ従弟であり次代の王位継承者とはいえ、まだ簡単に機密に触れさせることはできなかった。

（後継者か……）

後継者については、かなり繊細な問題である。

国が安定していればそれほどでもないのだが、今の状態でルチアが妊娠すれば、世情は変わるのだ。

もしルチアがバランド王国出身であったなら、国内情勢だけに気を配ればよかった。――というより、実家が大きな後ろ盾となっただろう。

しかし、実際は隣国オドラン王国出身で、実家のショーンティ公爵家は頼りにならない。むしろ敵対していると言っていいほどである。

さらにはオドラン王国内も情勢が不安定であり、もうひとつの隣国ウタナ王国の動きも警戒しなければならなかった。

「……正式にオドラン王国と同盟を結ぶべきだろうか」

ジュストのひと言に、エルマンもニコルもはっと顔をあげた。

独り言とするにはあまりにも重大な内容なのだ。

「僕は反対です。正式に同盟を結ぶということは、何かあれば助けないといけないってことですよね？　奥方には申し訳ないんですけど、何かあるとしか思えませんから不利益を被るだけですよ。向こうが助けてくれるとは思えませんから」

ニコルはルチアを迎えに行った時、オドラン王宮内まで同行してくれたため、国王や王太子、公爵など国の中枢を担う者たちがどんな人物なのかよくわかっているのだ。

だからこその反対意見だった。

しかし、エルマンはそれらの報告は受けているうえで、疑問を口にする。

「ですがもし、オドラン王国がウタナ王国と手を組めばどうなります？　果たして、我々だけでこの国を守れるのでしょうか？　それよりも、オドラン王国との同盟を保険とするほうが安心できます」

「甘いよ、エルマン。あっちはねえ、奥方との婚約を簡単に破棄しておきながら、やっぱ結婚しようっていう約束反故常習犯がいるんだよ？　同盟も簡単に破棄しちゃうよ。それどころか、油断させといていきなりウタナと手を組んで攻めてくるかもしれない。いや、あのボンクラならするね！」

普通ならあり得ないニコルの主張を否定できないどころかありえそうで、ジュストは何も言わなかった。

さすがに国王と他の者たちが止めるだろうが、あの王太子と公爵ならやりそうである。

あの父親と兄に囲まれて育ちながら、賢明で素敵な女性に育ったルチアは奇跡としか言いようがなかった。

「なら、いっそのことウタナ王国と手を組むか」

「大胆すぎません⁉」

「いえ、確かにその案は一考の価値はありますね」

ジュストが冗談めかして言えば、ニコルは驚きに目を見開いた。

しかし、エルマンは前向きに受け止めたようだ。

ジュストもルチアから話を聞いていなければ、考えもしなかった案ではある。

ルチアは王宮内での噂だとしていたが、おそらく当時からカルロたち商人に情報を得ていたのだろう。

そして国交を再開しようとした動きをルチアが特に気に留めていなかったのなら、ウタナの新国王にそれほど問題があるとは思えなかった。

（本当に侵攻の準備ではなく、守備を固めるつもりなのかもしれないな）

ルチアとの昼食の席で思い浮かんだ説ではあるが、その可能性も否定できない。

とにかく、カルロから話を――ルチアが情報を引き出してくれれば、その後で検討できる。

今のところケーリオ辺境伯がウタナ側の動向に目を光らせてくれているのだから任せればいい。

まずは国内情勢をもっと安心できるものにしなければと、ジュストはルチアの案をエルマンたちと再度検討したのだった。

＊＊＊

ルチアはジュストが出ていった後、しばらくは悶えつつも記憶を堪能していた。

自分からキスをするなど大胆だったかもと思いつつも、夫婦なのだからあれくらいはいいだろうと結論づける。

（そうよ。夫婦なんだもの。もっと攻めてもいいんじゃないかしら？）

ジュストは誠実で律儀なために、順序を守ってくれているのだろうから任せようと思っていた。

だが、受け身でいてはジュストに気を遣わせてしまうばかりの気がする。

先ほどもジュストは嫌がる素振りはなかった。

扉が閉まるまで、ルチアから目を離すことはなかったのだ。

どう考えても愛されている。

これほどに誰かからの愛を感じたことはなく、ルチアは歓喜のあまり叫んでしまいそうだった。

（ダメだわ。このまま部屋にいては奇行に走ってしまいそう）

まだまだ先ほどのことを反すうして幸せに悶えたいが、そのためにはベッドにもぐりこむ必要がある。

未だに込み上げてくる衝動を発散するには、誰にも見られてはいけない気がするからだ。

しかし、そうなると病気かと皆に心配をかけてしまうのは間違いない。

（うん。これは病気だと思う。『恋の病』とか、昔の人は上手いことを言うわよね）

何でもないふりをして、お茶を飲んでいたルチアは、そろそろ限界が近いことを悟った。

体を動かして発散しなければ、もう耐えられそうにない。

我慢も限界に達し、カップを置くとルチアは立ち上がった。

こういう場合、男性ならもっと躍動的なことができるのだろうが、あいにく高貴な女性とされるルチアに今できることは散歩くらいしかない。

一心不乱に床を磨くというのもありなのだが、当然させてもらえるわけもなかった。

「マノン、散歩に出たいから、準備をお願いできるかしら？」

「……かしこまりました」

「何？　何か顔についている？」

ベルを鳴らしてマノンを呼び、散歩の準備――いちいち着替えないといけないのが大変なのだが、それをお願いした。

すぐにやって来たマノンは承知してくれたものの、何か言いたげにルチアを見る。

思わず自分の顔を触るルチアに、マノンはゆっくり首を振って否定した。

「いいえ。何もついてはおりませんが、『幸せです』と書いてあるようで、つい見入ってしまいました。申し訳ございません」

「ええっ！」

恥ずかしくなったルチアが両手で顔を覆うと、マノンはくすくす笑う。

マノンもルチアの幸せを喜んでくれていることがその笑い声から伝わってきて嬉しくなる。

「ありがとう、マノン。こうして今、幸せなのもマノンやみんなのおかげよ」

「私も皆も、ルチア様のお力になれるのなら、これほど幸せなことはございません。ですがそれも、ルチア様のお人柄のおかげでございます。要するに、ルチア様ご自身のお力で今の幸せを手に入れられたということですね」

マノンに感謝の気持ちを伝えても、いつも最後にはルチアが称えられてしまう。

ルチアはもっともっと「ありがとう」と言いたかったが、言葉では伝えきれないので、マノンに抱きついた。

これればかりはマノンも反論できない。――が、着替えの途中なので窘められてしまう。

「ルチア様、じっとしていてくださいませ。お子様ではないのですから」

「マノンが素直に感謝を受け入れてくれないんだもの」

「では、ルチア様もいい加減にご自分が素晴らしい女性なのだと受け入れてください。もっともっとルチア様がご自分を誇ってくだされば、私も安心できるのですけどね」

「……努力するわ」

「これ以上、ルチア様が努力なさってどうするのですか」

マノンは呆れたようにため息を吐いた。

それからルチアの邪魔をものともせずに、器用に支度を整えてくれる。

あっという間に手袋まではめてもらい、日傘を渡された。

「今日は曇りよ？」

「淑女はいつ何時も、日傘を持ってお出かけになるべきです」

「不埒者を叩けるものね」

「ルチア様、ここにはそのような者はおりませんわ」

「ええ、陛下のおかげね」

以前、オドラン王宮で馴れ馴れしく触れてきた男性――放蕩者と噂の伯爵を追い払うのに、日傘を使ったことがあるのだ。

もちろん、淑女としてはあり得ない行動であり、ショーンティ公爵令嬢は野蛮だとの噂が流れた。

ジョバンニには恥をかかせるなと怒られ、無抵抗でいることなどできないと反論したのだった。

それがまた『生意気』だと、ジョバンニに嫌われた理由のひとつなのだろう。

そもそも王宮内で女性に馴れ馴れしく触れてくるような不届き者がいる時点で問題だった。

本来なら主である国王や王太子の面目が潰されているのだから、謝罪をして加害者の伯爵を罰するか、せめて厳重注意するべきなのだ。

また父親である公爵も抗議するべきなのだがそれもなく、マノンはかなり怒っていた。

それが今、冗談として笑えるようになったことが嬉しい。

ジュストのことを信頼してずっと仕えていたこの城の使用人も政務官たちも、ルチアだからというだけでなく、誰に対してもお互いが尊重し合っている。

これから貴族たちの出入りが増え、それに付随して多くの者がこの城で過ごすようになるだろうが、秩序が乱れることはないという確信があった。

「というわけで、ひとりで大丈夫よ？」

「そういうわけにはまいりません」

「わかったわ」

ルチアの萌え発散のための散歩にマノンを付き合わせるのは申し訳なかったが、日傘と同じで淑女に欠かせないのだ。

それなら付き添いではなく、一緒に散歩できればいいのに、マノンは人前では絶対に使用人の立場を超えることはしない。――ルチアの危機以外は。

「マノン、大好きよ」

「私も大好きでございます」

理不尽に父親に怒られた時など、幾度となくマノンがルチアを庇ってくれたことを思い出してまた抱きついた。

すると、今度は昔よくしてくれたように背中を優しく撫でてくれる。

今の幸せがあるのは、本当にマノンのおかげなのだ。

ルチアが努力したというなら、マノンがいてくれたからこそなのだから。

マノンにも前世のことは言えないが、父や兄、婚約者であるジョバンニに冷たくされても前を向いていられた。

その結果、今は信じられないほどの幸せを掴むことができたのだ。

ルチアはスキップしたくなる気持ちを抑え、ジュストの妻として淑女らしく歩いて庭へと出た。


足は自然とあの庭へと向かう。

まだまだ先だとわかっているが、まだバラの蕾《つぼみ》もない蔓《つる》だけを見ていても、つい顔がほころんでしまうのだ。

「――何か面白い虫でもいましたか？」

突然声をかけられ、ルチアは驚き振り向いた。

少し先に立っているウィリアムの声はやはりジュストに似ている。

「バラを見ているんです」

「バラを……?」

ウィリアムは不思議そうにしながら近づいてきて、眉を寄せた。

目の前には蔓しかないのだから当然だろう。

だがジュストとの秘密を話すつもりはなく、ルチアは微笑んだだけだった。

バラについてのジュストの告白を知っているのは、エルマンやニコルたちごく少人数なのだ。

「……もしよろしければご一緒してくださいませんか？　久しぶりなので、迷ってしまうかもしれませんから」

「庭師に話を聞いたところ、もう何年も変更した場所はないそうですよ」

ルチアはウィリアムの誘いに愛想よく答えながらも、差し出された腕は無視した。

この城では最低限の手入れだけで、もう十年以上新しく造園したりはしていないと庭師から聞いている。

ジュストが即位してからは余分な支出を削減していたのだ。

「すみません。回りくどかったですね。できればルチア様と話がしたいので、ご一緒してくれませんか?」

「――ええ、喜んで」

ウィリアムはルチアの返事で心の内を察したのか、言い方を改めて誘ってきた。

その素直さは好ましく、ルチアは笑顔で受けた。ただし、両手で日傘を持ったことで、腕は組みませんと示している。

ウィリアムは声を出して笑い、今度は腕も手も差し出してくることはなかった。

別に警戒しているわけではないが、誤解されるようなことはしたくない。

ウィリアムはそんなルチアの気持ちを尊重してくれたらしく、不自然にならない程度に離れて、一緒に歩き始めた。

「……本当に、僕の記憶が確かなら、この庭は特に変わっていませんね。むしろ余計な装飾がなくなってすっきりしています」

「余計な装飾？」

「何だかよくわからない大理石の像とか」

「ああ、なるほど。そういったものがあったのですね」

「そうなんですよ。子どもの頃にわからなかったものでも、大人になればわかるかと思っていましたが、やっぱりまったくわかりません。どうやら僕は芸術の才能がないようです」

一緒に歩き始めてすぐ、ウィリアムが庭についての感想を述べた。

打ち解けようとしてくれているのがわかり、ルチアもにこやかに答えて笑う。

ただし、心臓はドキドキしている。

やはりジュストとよく似た顔、よく似た声で話されると、勝手にときめいてしまうのだ。

「ルチア様は芸術についてはどうですか？」

「それがさっぱりなんです。水彩画を習ってはいましたが、先生はため息ばかり吐いていました。ですが、鑑賞するのは好きです。ただ、芸術的な良し悪しというのはわかりません。ちなみに音楽もピアノを習いましたが、先生以上に母が嘆いていましたね」

「僕も同じです。フルトン公国は芸術が盛んだったので、肩身の狭い思いをしました」

「確かに、フルトン公国は皆さん何かしら才能をお持ちでしたよね。街中で歌っている方もとてもお上手でしたし、写生している方も多く、皆さんお上手で驚きました」

「フルトンにいらっしゃったことがあるのですか？」

「一度だけ、母に連れられて行きました。小さな国ですけど、どこもかしこも美しい場所ばかりで、子どもながらに感動した覚えがあります」

前世の記憶がよみがえってしばらくした頃、母親がルチアの療養のためにと連れ出したのだ。だが、ルチアを滞在先の屋敷に置いて、母親は観劇だの美術館だのと出かけて帰ってくることはめったになかった。

（あれはたぶん、当時の恋人が芸術家だったんだわ）

母親も父親もそれぞれ恋人がいたが、長続きはしていなかったように思う。

前世の記憶を思い出してからはかなり衝撃を受けたが、次第にこの世界ではよくあることなのだと理解したのだった。

「ルチア様はお母君を亡くされているんでしたね。すみません、思い出させてしまって……」

「いえ、お気になさらないでください。私にはずっとマノンが傍にいてくれましたから」

ルチアはそう言って、振り返り微笑んだ。

ウィリアムがいるため少し離れているマノンが気づいて頭を下げる。

ルチアがちらりと横目で見ると、ウィリアムもマノンに向けて軽く頷いた。

どうやら使用人を蔑ろにするような人ではないらしい。

さすがジュストの従弟だと嬉しくなったルチアだったが、ウィリアムが両親を亡くしていることを思い出した。

「あの、ウィリアムもご両親を早くに亡くされたのでしたね。気遣ってくださったのに、配慮が足りず――」

「いえいえ、大丈夫です。確かに両親は亡くしていますが、ほとんど記憶はありませんので、寂しいということもありませんでした。それもジュスト兄様たちがいてくれたおかげですから、一緒ですね？」

ルチアは無神経に母親のことを答えてしまったかと心配したが、ウィリアムも両親については大丈夫だと気遣ってくれた。

だが、マノンはずっと一緒にいてくれたが、ウィリアムはジュストたちと離れなくてはならなかったのだ。

しかも国は荒れ、ジュストたちはその平定に向かったのだから心配だったろう。

ルチアのそんな考えを察したのか、ウィリアムは苦笑する。

「ジュスト兄様たちと離れるのは寂しさよりも、悔しさが強かったですね。どんなに心配しても、力になることはできない。足手まといでしかなく、逆に心配をかけないために、母方の伯父の住むフルトン公国へ避難しなければならなかったのですから」

「それは……悔しいですね」

「ええ。ですから、何とか力になれるようにと、公国では体を鍛えることに努めました。ただ初めの頃は無理をして何度も寝込み、伯父に本末転倒だと叱られてしまいましたけどね」

当時のことを語るウィリアムは懐かしそうでもあり、悔しそうでもあった。

それでも笑いに変えて話してくれる。

ルチアはくすくす笑い、ウィリアムを見上げた。

「努力の甲斐はあったようですね？」

「ですが、少し遅かったようです」

「そんなことはないと思います。ジュスト様はこの国を無事に平定されましたが、まだまだ課題は山積みですから。それなのに人手が圧倒的に足りません。ウィリアムが戻ってくれたことで、ジュスト様はきっと心強く思っていらっしゃるはずです。ありがとうございます！」

ルチアはウィリアムの存在が嬉しかった。

この国は――ジュストの周囲はまだまだ信頼できる者が少ないようで、皆に負担がかかっている。

しかも、王家所領や預かりとなった土地を管理し統率するべき身分の者となるとかなり限られるのだ。

シメオンがオドラン王国との国境地帯に赴任している今、ジュストには心許せる相手がユルマンとニコルしかいなかった。

七年という空白期間があったとしても、ウィリアムはジュストの助けになるだろう。

ルチアはいつの間にか力説しており、感謝までしてしまった。

そんなルチアの励ましに、ウィリアムは噴き出す。

「僕も、ありがとうございます。ジュスト兄様に、こんな素敵な方が嫁いできてくださって、本当に嬉しいです」

「いえ、そんな……」

ジュストの家族からの嬉しい言葉に照れるルチアを、ウィリアムは優しく見つめた。

その眼差しはやはりジュストにそっくりで、ルチアの頬が赤く染まる。

「実はフルトン公国にもジュスト兄様の噂は聞こえてきていたんです。『四人の悪魔』だなんて、馬鹿馬鹿しい。悪魔なのはニコルくらいですよ」

「え？　ニコルが？」

「そうですよ。僕は小さい頃から散々悪戯されましたからね」

「ああ……」

あのジュストたちの呼び名の『四人の悪魔』に腹を立てるウィリアムには同感だったが、ニコルだけは『悪魔』だということにルチアは驚いた。

だが、理由を聞けば納得できる気がする。

ただし、『悪魔』と言わせるくらいの悪戯がどんなものかは聞かないでおいた。

「とにかく、ジュスト兄様たちは何も悪いことをしていない。それどころか、むやみに争いを起こして民を苦しめる謀反人たちを平定していただけなのに、負け惜しみにもならないような言葉で貶められて……。ですが、ようやく無事に内乱が収まったとの知らせの後に、今度はオドラン王国の『悪女』と結婚すると聞いて驚きました」

「それは……すみません」

「いえ、違うんです。ルチア様が『悪女』と呼ばれていることに驚いたんですよ。フルトン公国では『ルチア・ショーンティ公爵令嬢はオドラン王国の未来の賢妃』と言われていましたから」

憤るウィリアムの言葉に頷いていたルチアは、久しぶりに『悪女』と言われて、申し訳なくなった。

しかし、謝罪するルチアに、ウィリアムは慌てて否定するどころか、とんでもない発言をする。

驚愕したルチアはぽかんと口を開け、固まってしまった。

「あれ？　ご存じなかったですか？」

ルチアの驚きように、ウィリアムが首を傾げる。

「あの……何かの冗談では？」

「いえ、本当ですよ。フルトン公国は交易の要でもありますからね。噂がよく集まってくるんです。しかも、数年前からオドラン王国へ行き交う商人たちの質が変わった。そうなると、中継点となっている公国の雰囲気も変わりますからね。もちろん、全商隊が変わったわけではありませんし、目的地はオドラン王国だけでもありませんから、劇的に変化したわけではありません。それでも、公国にいい影響を与えてくれたのは確かです。そして彼らは皆、ショーンティ公爵領で商売ができることを喜んでいました。まだ年若い公爵令嬢は取引上手なうえに公正で、駆け引きも楽しいのだと」

「あの、もうそれくらいにしてくれませんか……」

ウィリアムに褒められすぎて、ルチアは真っ赤になっていた。

顔が熱く、両手を頬に当ててみるが、手のひらも熱い。

恥ずかしがるルチアを見て、ウィリアムはまた楽しそうに笑った。

「では、もうひとつだけ。公国の者たちは誰も『悪女』なんて噂を信じてはいませんでした。

そして今、商人たちの質が下がったことで、それを実感しています。オドラン王国にとっても、フルトン公国にとっても残念なことですが、このバランド王国にとっては幸運ですからね。それにこの国へ向かう商人たちのおかげで、公国の雰囲気もまたいいものへと戻りつつあります。私の帰国に際して、メント商会が協力してくれたのも、ルチア様のおかげなんです。ありがとうございます」

「いえ、私は何も……」

ルチアは褒められ慣れていない。

この国へ来て、ジュストたちに認められ、毎日ジュストに温かな言葉をかけられ、ようやく少しだけ慣れてきたところなのだ。

それを一気に伝えられると、どうしていいかわからなかった。

しかも、ジュストによく似たウィリアムが言うのだから破壊力は凄まじい。

思わずマノンに助けを求めるが、当然だとばかりに微笑んでいる。

「あの！　すみませんが用事を思い出しましたので、これで失礼します！」

明らかに挙動不審でルチアはその場から逃げようとした。

ウィリアムの返事も待たず、去りかけたルチアだったが、少し離れたところで、はっとして振り返る。

「ウィリアム、おかえりなさい！」

一番大切なことを伝えていなかったと、少し遅くなってしまったが、ルチアは満面の笑みでウィリアムを迎えた。

ルチアとは初対面だが、ジュストにとってとても大切な人だというのは伝わってきていた。

ジュストの喜びがルチアの喜びで幸せなのだ。

「……ただいま」

明るく輝くルチアの笑顔に、ウィリアムは目を細めて嬉しそうに笑って答えたのだった。

第四章

「――ずいぶん楽しそうに話してますね」

「奥様は誰とご一緒でも、楽しそうになさってますから」

「それもそうなんだけどさあ」

ジュストたちは執務室からルチアとウィリアムを見ていた。

少し遠くはあるが、何を話しているのかは聞こえなくても、表情くらいはわかる。

ニコルとエルマンの声を耳に入れながら、ジュストはその光景に気をとられていた。

（ずいぶん親しそうだな……）

明るく笑い合うふたりは眩しいくらいにお似合いだった。

真っ赤になったルチアは慌てており、それをウィリアムがからかっているらしい。

今日顔を合わせたばかりなのに、年齢が近いからかすっかり仲良くなったようだ。

ジュストは湧き上がる嫉妬を抑え、深く長く息を吐いた。

ルチアの笑顔も恥ずかしそうな顔も、本当は全部独り占めしたい。

あのような真っ赤になった可愛い顔を向けられているウィリアムを、今すぐ遠くに放り出してしまいたいくらいなのだ。

「あ、で、でも、奥方はウィリアムからのエスコートをしっかり拒否してましたね！」

「そうですね。誤解を招かないよう先に行動されるのはさすがです」

「あの庭は人目がいっぱいあるからねえ」

ジュストの気持ちを察したのか、ニコルとエルマンがすぐにフォローする。

気を遣わせてしまったことを申し訳なく思いながらも、ジュストは何も言わず席に戻った。

やらなければならないことが多すぎて、一緒に過ごす時間が取れないのだから、その間にルチアが何をしていようと文句は言えない。

そもそも言うつもりもなかった。

ルチアには無理をさせたくないのだ。

いっそのこと夜を一緒に過ごせばこの不安がなくなるのだろうかとも思う。

だが、自分の不安を消すためにルチアを利用することだけは、絶対にしたくなかった。

＊　＊　＊

翌日はカルロたちメント商会が商談にやってきて、城内は昨日に続き賑やかになった。

今回の主な商談内容は、バランド王国内でのメント商会の拠点となる大規模な店を構えるための準備である。

各地に拠点を置くメント商会がバランド王国にまで店を構えるとなると、他の商会も次々続くだろう。

それはショーンティ公爵領でも経験していたことなので、ルチアはこの国がこれから経済的復興を遂げることを確信していた。

その元手となるルチアの持参金を手放したのは惜しいが、商売とは信用なのだ。

ルチアの持参金の代わりに投資してくれているカルロたちの信頼を、ジュストやエルマンたちは絶対に裏切らない。

カルロたちもいくらルチアに情があろうと、商売人として下手な取引をするはずがなかった。

そのため、ルチアが立ち会う必要もないので、自分ができることをとバランド王国の地図をじっくり読み込んでいた。

(う～ん……。天気だけは、前世でどんなに科学技術が発達していても操ることができなかったんだから、この世界でどうにかできるわけがないのよね。ということは、災害が起こった時のための対策を強化するしかないわけで……)

治水工事などがそのいい例である。

この国で過去の自然災害の記録から、強い寒波がやってくるたびに陸の孤島と化してしまう北部地方の備蓄強化と交通網の整備。

河川の氾濫を抑え、南部地方での干ばつ時の水源確保のため池の造成。

（だけどまずは食料確保だもんね～）

このまま順調にいけばアーキレイ伯爵領から押収したもので、十分賄え問題はないのだが、今一番の不安要素は天候よりも、ウタナ王国のことだった。

長年――この十年、国が荒廃していた時期でさえ、国境を守ってくれていたケーリオ辺境伯がいてくれるのは心強いが、辺境伯ばかりに頼ってはいられないだろう。

万が一にも、オドラン王国と手を組み、そちら側から攻め込んでこられたとしたら、今はまだ耐えられるかわからない。

何より、また民に負担をかけてしまうのだ。

（意地を張らずに、ショーンティ公爵家からもっと財産を持ち出していればよかったわ）

きっとジュストは拒否するだろうが、ルチアの個人資産として持っていれば、安心材料にはなった。

公爵家の財産といっても、ルチアが領地を運営するようになってからの増収分の一部である。

身内といえども無賃労働とせず、報酬を受け取っていればと考え、とある案が浮かぶ。

（……いえ、それは最終手段ね）

そうして、あれこれ考えているうちに午前は過ぎ、カルロとの面会時間になった。

カルロとはオドラン王宮でのいざこざの時以来だったので、挨拶とともにお礼を述べると、にこやかに答えてくれる。

「――いえいえ、かまいませんよ。何度も申しますが、私たちは商売人ですからね。利益が見込めない投資はしないものです」

「それでも、タイミングというものがあるわ。あなたがジョバンニ殿下たちを敵に回してでも、ジュスト様を――この国を選んでくれたことに感謝しているの。もちろん、ジュスト様ならあなたたちに後悔はさせないはずよ」

「はい。楽しみにしております」

カルロとの会話はルチアにとってとても楽しいものだった。

贅沢な悩みなのかもしれないが、最近のルチアは何をしてもことさら感謝され、賞賛される。何をやっても評価されなかった時に比べれば嬉しいことではあるのだが、時々ふと不安に襲われるのだ。

しかし、カルロはルチアを尊重はしてくれていても、過大評価することはない。

今まで積み重ねた実績があってこそ信頼してくれており、等身大の自分でいられた。

「――ところで、最近のウタナ王国での取引は順調なのかしら？」

「そうですねえ……」

最近の経済動向などについてカルロと話し、一通り落ち着いたところで、ルチアは切り出した。

カルロはその質問の意図をすぐに読み取り、どこまで話すべきか考えているようだ。

ほんのわずかに沈黙が落ち、ルチアは気にせずお茶を飲んで待った。

「……おかげさまで、最近はずいぶん仕事がしやすくなりましたよ。以前は賊よりも警備兵に行く手を阻まれることが多かったですからね。どれだけの品が腐ってしまったことか。それが今ではなくなり、損失も減りました」

「腐った果実などはさっさと捨てないと、腐敗が広まってしまうものね。腐敗因子が取り除けたなんて、素晴らしいわ」

要するに、今までは警備兵などの役人が賄賂を要求していたということだ。

国の末端まで腐敗が広がっていたのも、政府の中枢――王城内が腐りきっていたためだろう。それをたった三年で浄化とまではいかなくても、正すことができているのだから、新国王の手腕は認めざるを得ない。

ただし、問題はそのやり方だった。

腐敗した国を立て直すために兄を弑逆《しいぎゃく》するしかなかったにしても、他の政務官たちはどうだったのだろう。

このバランド王国についての噂――ジュストたち『四人の悪魔』は聞こえてきても、ウタナ国王については何も聞こえてこなかった。

今になってルチアは、内政ばかりに気を取られていた当時の自分の未熟さに気づいた。

「それでは、ウタナ王国の人たちの暮らしもよくなっているのでしょうね。衣食住が足りれば、他に欲が出てくるものだと思うけれど、どんなものが売れるのかしら？」

「オドラン王国で流行りのものが人気ですね。オドラン王国もここぞとばかりに売り込もうとしているようですから」

「……そう。では、この国のものはどうかしら？」

「正直に申し上げると、抵抗があるようです。内乱状態が長く続きましたからね。この国が安定しつつあることはまだまだ周知されていないのです」

「残念だわ」

ルチアはカルロの返答に大きくため息を吐いた。

オドラン王国のものが流行り、王国側も売り込んでいるということは、国交再開に向けて動いているということなのだ。

そして、バランド王国に対しては警戒しているのだろう。

商人であるカルロから情報をさらに引き出すためには、金銭ではない何か対価が必要になる。

ルチアはどうしてもウタナ国王のことを知りたくて、何かないかと考えた。

すると、カルロが励ますように微笑む。

「ルチア様、そのように遠慮なさらずともお訊ねください」

「でも、私にはもう何もできないわ」

「以前お伝えした通り、私ども商売人は未来を読んで動くのです。バランド国王陛下に貸しを作れた今、次はルチア様にも作るつもりなのですよ。それとも、ルチア様には返済してくださるだけの自信がありませんか？」

「あるわ」

カルロに挑発するように言われて、ルチアはきっぱり答えた。

途端にカルロは声を出して笑った。

「さすがルチア様。陛下にすっかり牙を抜かれたかと思いましたが、やはりまだまだ頼もしいですな」

「生意気ってこと？」

「魅力的ってことですよ」

カルロは初めてルチアに面会した時のことを思い出しながら、しみじみと言った。

ショーンティ公爵領地でのこれからの商行為を許可制にすると、各商会に通達された時には賄賂の要求だと考え、カルロは申請しないつもりで面談に向かったのだ。

そこで現れたのは、まだ成人もしていない公爵家のご令嬢で、何のお遊びを始めるつもりなのかと呆れた。

ところが、面談を始めてすぐ、自分が今回の面談をどれほど侮っていたかを痛感させられた。

ルチアとの面談で繰り出される質問は、お遊びどころか一国の宰相を相手にしているのかと思わされたほどだ。

その時から今まで、ルチアにはかなり儲けさせてもらった。

それ以上に、新しい学びを得ることもできた。

賢妃とはこういう女性のことかと、いささかの不安があったオドラン王国の未来が楽しみになっていたものだ。

しかし、その不安は最悪の形で的中した。

わかってはいたのに、あそこまで王太子が愚かだとは、カルロも読めなかった。

まさかルチアとの婚約を破棄して、他国へ嫁がせるなどと。

オドラン王国の唯一の希望、宝を捨てるようなものだった。

そのため、取引停止など願ってもないことで、カルロたちまともな商会は、さっさとオドラン王国から手を引いたのだ。

「……それでは、ご質問をどうぞ」

「何だか怖いわね。でもいいわ。何倍もの利子を付けて返すから」

カルロが促せば、ルチアは疑わしげに言い、それから笑った。

ルチアは知識と先見性を持っているだけでなく、度胸もあるのだ。

「じゃあ、はっきり訊くけれど、ウタナの国王陛下はバランド王国に攻め込むつもりがあるのかしら？」

「私は軍師ではなく、商人ですよ？」

「知っているわ。武器も扱っているただの商人よね？」

「求められれば何でも取りそろえるのが、私どもの信条ですから」

「わかったわ。……ありがとう」

「それだけですか？」

お礼を言い黙り込むルチアに、カルロが物足りなさそうに訊いた。

ルチアは首を傾げ、少し考えてから口を開く。

「……では、もうひとつだけ。ウタナ国王陛下は好戦的な方なのかしら。それとも穏健派？」

「実際にお会いしたことはないので、はっきりとは申せませんが、国王陛下は穏健派でしょうかね」

「それならまだ何とかなりそうね。ところで、自信ありげに思えたけれど、今の答えじゃ情報としては少し信用に足りないと思うの」

「返品はできませんよ？」

「では、無利子でお願いね？」

ルチアが明るく言うと、カルロは再び声を出して笑った。

昔からルチアは抜け目がないのに欲もない。

そのちぐはぐさがルチアの魅力のひとつだろう。

騙し合い腹の探り合いばかりの者たちの中で、まっすぐに挑んでくるルチアとの取引は初心に返ることができる。

そのためか、カルロだけでなく他の商人たちも、ルチアにはつい甘くしてしまうのだ。

カルロは笑いながらも、ウタナ王国とのことはルチアに味方しようと、密かに決めていたのだった。

＊　＊　＊

「ジュスト様、残念なお知らせがあります」

「ウタナ王国のことか？」

「はい」

カルロとの面会の翌日。

昼食の席でルチアが切り出すと、ジュストはすぐに反応した。

「やはり、オドラン王国と同盟を結ぶつもりなのだろうか？」

「同盟なのか単に国交を再開するだけなのかはわかりませんが、両国の関係者が往き来しているようです。それよりも、ウタナ王国は武器を買い入れています」

「それをカルロはあなたに話したのか？」

「直接ではありません。かなり遠回しで、私が質問すると否定しなかっただけです」

ウタナ王国とオドラン王国が同盟するかもしれないという情報は、ジュストにも伝わっていたようだ。

そのくらいは予想の範囲内だったのだろうが、ジュストが驚いたのは武器を売っていると商人であるカルロがルチアに話したことだった。

武器の売買の情報など、最高機密と言ってもいい。

はっきり答えを聞いたわけではなくても、誤魔化しではなく否定しなかったと言うのが答えなのだ。

「ただ、話を聞く限りでは、ウタナ国王は常識的な方なのではとも思いました。以前は賄賂がまかり通っていて、腐敗が地方にまで広がり深刻だったようです。それが今ではなくなり、商売をしやすくなったと聞きました」

「だとすれば、ウタナ国王はよき君主なのかもしれないな」

「そうですね。ですが、争いを――戦を仕掛けてくるのなら、よき王とは言えません。何の大義もない戦ほど残酷で非情なものはありませんから」

「大義か……」

つい最近まで争いをしていたジュストには、ルチアの言葉はきつかったのかもしれない。

だが、ジュストには大義があったのだ。

ルチアは下手な慰めを口にすることはせず、話を続けた。

「カルロはウタナ国王とは直接お会いしたことはなく、噂などからの印象だと前置きしたうえで、穏健派なのだろうと言っておりました。私が強硬派かどちらかの二択しか与えませんでしたので、正確ではないでしょうが……」

そこまで言って、ルチアはジュストをまっすぐに見つめた。

ジュストは真剣に聞いてくれているが、やはりどこか憂いが見える。

「人は主観で判断することが多いですよね。賄賂に苦しめられていた人たちはウタナ国王をよき王と思うでしょうが、賄賂で懐を温めていた人は悪しき王と思っているでしょう。この国でも、アーキレイ伯爵たちはジュスト様のことを悪しき王と思っているでしょうが、私にとっては素晴らしい王です」

「ルチア……」

「ですが、お会いするまでは恐ろしい『悪魔』でした」

ルチアは悪戯っぽく笑うと、わずかに沈黙する。

そして、今度は恥ずかしそうに微笑んだ。

「今は大好きな夫です」

ルチアの愛らしさに、ジュストはぐっとこみ上げてくる衝動をどうにか抑えた。

でなければ、ルチアとの間にあるテーブルをひっくり返して今すぐ駆け寄り抱きしめていただろう。

そんなジュストには気づかず、ルチアは小さく咳払いをして、恥ずかしさを誤魔化そうとする。

その仕草さえ可愛い。

「……とにかく、主観も変わります。ですから、三年後にはジュスト様はよき王として大人気になっています」

ルチアは自信満々に告げた。

三年というのはウタナ国王が即位してからの年月だ。

ジュストにとっては国政が安定すれば人気はどうでもいいが、ルチアがそう言ってくれることが嬉しかった。

その気持ちが顔に表れ、自然と笑顔になる。

「私としては、人気はどうでもいいな。ルチアから嫌われなければそれでいい」

「嫌いになることなんてありません！」

「それでも、大好きでいてくれるよう努めるよ」

「そんな……そんなことになったら、大大大好きになってしまいます！」

ジュストがよき王であることはすでにわかっている。

ただ、こんなにも素敵なのに、『悪魔』などと民にまで恐れられているのがルチアは納得がいかないのだ。

それなのに、ジュストはルチアが好きでいてくれればそれでいいと言う。

嫌いになどなるわけがないと訴えたものの、かなり恥ずかしいことを言ってしまった気がして、ルチアは真っ赤になった。

「……話が逸れてしまいました」

両手で顔を覆い、ぼそぼそと呟くルチアを見て、ジュストは忍耐力が限界に近いことを悟った。

順序も何もかなぐり捨てて、このまま連れ去ってしまおうかと考える。

だが、そんなことをすればルチアに嫌われることは必至であり、綱渡りのような気分で自分を抑えていた。

すると、ルチアは一度長く息を吐き出し、いつものにこやかな表情に戻ったのだ。

これはこれで可愛いのだが、残念だと思う気持ちもあり、ジュストは内心で自分を罵った。

ルチアは頼んだ通り、カルロにウタナ王国について訊き、それを伝えてくれているというのに、自分は邪念がすぎる。

「……続けてくれ」

衝動を抑えようとするあまり、ジュストはルチアの大きな愛の告白を無視した形になってしまった。

しかもかなり冷ややかな言い方になってしまったのだが、ジュストは気づいていなかった。

ルチアは大切な報告を自分の感情に任せて伝えてしまったと反省した。

ジュストに呆れられていないだろうかと心配になり、これから言おうとしていたことにためらいが生まれる。

「ルチア？　何か他にあるのなら教えてくれないか？」

「あの……これは個人的な意見なのですが……」

「うん？」

ジュストに促され、決めたことはやり遂げようと——伝えようとしたものの、ルチアはつい前置きを口にした。

弱気な自分が嫌になるが、ジュストは優しく聞いてくれる。

またいつもの微笑みを向けられただけで、ルチアは勇気を取り戻した。

「私は……ウタナ王国側との対話を希望します」

「対話？」

「はい。ここであれこれ考えるよりも、使者を派遣して、ウタナ国王の真意を直接問いただすべきです」

「武器を買い、国境に兵を増員し、オドラン王国と同盟を結ぼうとしているのはなぜかと直接問うべきだと？」

ジュストはルチアの意見に難色を示した。

しかし、この話題に感情は関係ない。むしろ、真剣に聞いているからこそ、ジュストは厳しい口調になっているのだ。

「ウタナ国王が即位されてから三年、はじめこそオドランの者たちも恐れていましたが、その後は悪い噂は聞こえてきませんでした」

「だが、本当にウタナ国王が兄を弑逆し、王位を簒奪したのなら、使者の命が危ういだろう。そのような危険な任務を誰に負わせられる？　私はこれ以上誰も失いたくはない」

「そう、ですよね……。軽率でした」

ルチアの主張にもジュストは納得せず、その理由を口にした。

そこでようやくルチアも気づいた。

今までのような商談と違って、これは命のやり取りなのだ。

しかも使者に立つ者だけでなく、この国の人命すべてに関わってくる。

それを、これまでの噂とカルロから聞いた話、そこからルチアが予想しただけのウタナ国王の人物像で、対話が成立すると考えたのは甘かった。

「いや、ルチアの意見はもっともなもので、これは私の我儘《わがまま》でしかない。だが、ありがとう」

「いいえ、ジュスト様のお気持ちに考えが至らなかったばかりに、お気を遣わせてしまいました。申し訳ございません」

「謝らないでくれ、ルチア。どんな意見でも私は聞きたい。だからどうか、これからも遠慮せずに伝えてくれ」

「……わかりました」

ジュストは為政者として、どんな意見もひとまずは聞いてくれる。

それに甘えて思慮が足りなかったとルチアは後悔したが、一度謝罪しただけでそれ以上はもう触れなかった。

きっとルチアが気にすればするほどジュストに気を遣わせてしまうのがわかっていたからだ。

それからは話題を別のものに変え、会話を続けながら昼食をふたりで楽しんだ。

しかし、お互いどこかぎこちないものになってしまっていたのだった。

＊＊＊

（あー、失敗したな……）

昼食を終えて自室に戻ったルチアは、長椅子に腰を下ろして大きくため息を吐いた。

あの時までは名案に思えていた対話も、今になってみればジュストの言うとおり無謀で危険なものだとわかる。

ウタナ国王が暴虐な兄王太子を弑逆したのも国を思ってのことで、それからは善政を行おうとしているのだと勝手に想像してしまった。

しかも、ジュストと似ているのではないかと、それならば話し合えば解決するはずだと考えたのだ。

だが、人手不足のこの国で、ウタナ王国側と対話するための使者となれるのは、エルマンかニコルくらいだろう。

今、あのふたりのどちらかひとりでもジュストから離れると、国内の整備が遅れてしまうのは間違いなかった。

当然、ふたり以外の誰でも、危険に晒すことはできない。

（いつの間にか、驕っていたみたい……）

ジュストに愛され、皆から慕われ、カルロに認められ、ルチアは浮かれていたようだ。

そしてさらに皆に――ジュストにすごいと思われたくて、話し合えば争いは回避できるはずだと信じて疑わなかった。

使者を立てればいいと簡単に言えたのも、いつの間にかこの国を支えてくれる人たちを駒のように考えていたからなのかもしれない。

（いっそのこと、私が使者に立てば……）

ルチアはもたれていた背を起こし、勢いよく立ち上がった。

今、この城でルチアは暇を持て余しているのだ。

そのため、隣国への挨拶にルチアが行くことは可能であり、身分的にもウタナ国王に会うこともできるだろう。

そこでウタナ国王がどんな人物か見極め、上手く探ることができれば、今後の対策が立てやすくなる。

ルチアはその考えに興奮したが、すぐに大きな穴があることに気づいた。

すでにウタナ王国側がバランド王国へ侵攻を決めていたのなら、ルチアはのこのこ人質に行くようなものだ。

ジュストがルチアを見捨てるわけもなく、多大な迷惑と損失をバランド王国に与えることになってしまうだけだった。

(ダメだなあ……)

よかれと思って突っ走り、周りの空気が読めていなかったジョバンニとの婚約前と同じ独りよがりになるところだった。

ルチアはがっくりして、再び腰を下ろした。

(……せめて、もっと勉強しないと)

このままここで悶々としていても気が滅入るだけだ。

ルチアは新たに決意して、図書室へ行くことにした。

今度はウタナ王国についての記述を探してみようと考えつつ、マノンに声をかける。

それから軽く身支度を整え、図書室へ向かった。

＊＊＊

図書室では、古いがウタナ王国についての書物を数冊見つけることができた。

中身をパラパラとめくり内容を確認する。

そこに、ウィリアムがやって来た。

「ルチア様、またお会いしましたね」

「あら、こんにちは。ウィリアム」

ルチアはにこやかに挨拶をしながら、本を閉じた。

その表紙を見て、ウィリアムの笑顔がかすかに曇る。

「ウタナ王国とオドラン王国の同盟が気になりますか？」

「え、ええ……。でもまだ締結されたわけではないでしょう？」

「そうですが、時間の問題でしょう。ジュスト兄様がオドラン王宮まで乗り込んだことはすっかり有名になっていますし」

「有名？」

「これもご存じなかったですか？　オドラン王太子の結婚式で、バランド国王が花嫁を攫いに乗り込んだと話題になりましたよ。王太子は一軍を率いてきたバランド国王に脅され、王宮内の者たちを助けるために泣く泣く花嫁を手放したと」

「そんな話になっているの⁉」

一軍とまではいかないが、ジュストがニコルたちを連れて王宮までルチアを迎えに来てくれたことは確かだった。

だが、ジョバンニがずいぶん悲劇の主人公になっている。

驚くルチアに、ウィリアムは笑いながら頷く。

「そういえば、バランド王国にはそんな噂が流れないのも当然でしたね。今、オドランとの国境はシメオンが守ってくれていますし、他は険しい山に阻まれ、後は鉄壁のケーリオ辺境伯領に続いていますから、噂ひとつ通れません」

「では、フルトン公国で話題なのですか？」

「そうですね。笑い話として」

「笑い話？」

「はい。王太子は泣く泣くなんて言っているようですが、彼が無謀にも一度ルチア様に婚約破棄を突きつけたことは有名ですし、ジュスト兄様が一軍を連れて王宮に乗り込んだと言っているのも、各所の警備の甘さを喧伝しているだけじゃないですか。自分たちは無能ですと言っているようなものでしょう？」

「確かに……」

どうやらフルトン公国の人たちは冷静らしい。

多くの商人が行き交い、情報も常に溢れているので、簡単には噂に踊らされないのだろう。

「……ひょっとして、ウタナ王国の人たちは信じているのでしょうか？」

「おそらく。ここ数年、ウタナ王国は孤立していたようなものではないですか？　もちろん国境を閉ざしていたわけではないので、噂も商人たちとともに行き交ってはいたでしょうが、どこまで伝わっているか……。もしオドラン王国からの正式な使者に助けを求められたのだとすれば、同盟に向けて動き出すのもわかります」

ルチアがいる時に、国交を再開しようと動き始めていたのだから、正式な使者がウタナ王国へ赴いた可能性は大きい。

ただ、ウィリアムの言うようにウィリアムの言うように、同盟締結が近いなら、カルロもさすがに教えてくれたはずだ。

「……それは確かな情報なのですか？　それとも、ウィリアムの予想？」

「予想ですが、間違っているでしょうか？」

「どうでしょう。ここ数か月でオドランの王宮内も様変わりしているようですから、私もわかりません」

ウィリアムの予想と聞いて、ルチアはほっとした。

ただし、外れているとも思っていなかった。

ジョバンニが王宮内で権勢を振るっているままなら、被害者ぶってウタナ王国に協力を呼びかけそうではある。

ウタナ王国側がジュストたちの『悪魔』との噂を信じて国境地域の警戒を強めているのなら、ジョバンニの訴えも信じてしまうかもしれない。

そこまでウタナ国王たちが愚かだとは思いたくないが、即位から今まで国内整備に集中していたのなら、あり得ないこともないだろう。

実際、ジュストたちも内乱を平定するために力を注ぎ、ルチアの『悪女』との噂を初めは信じていたのだ。

「その話はジュスト様にされました?」

「それがまだなんです。兄様は忙しいようで、ゆっくり話をする時間もないようです」

「そうですね……」

ルチアとも、夕食は時間がかかるせいか、かろうじて昼食を一緒にすることで、ふたりの時間を捻出してくれているのだ。

七年ぶりに帰還したウィリアムとも時間が取れないのなら、昼食も無理してくれているのかもしれない。

そう思うと申し訳なかったが、ルチアの我が儘として、自分からは断りたくなかった。

それでも、今聞いたウィリアムの話は重要である。

「……では、明日の昼食をご一緒しませんか？　そこでジュスト様に今のお話をしてください。その話題はすでにジュスト様もお聞きしているかもしれませんが、ウィリアムから聞くのも別の視点が持てて解決策が見つかるかもしれませんから」

「しかし……」

「ウィリアムのご都合は悪いのでしょうか？」

「いえ、そういうわけではありませんが、せっかくのおふたりのお時間ではないですか」

「確かにそうですが、機会はまたありますから」

「……では、お言葉に甘えさせてください」

「わかりました。ジュスト様には私からお伝えしておきますね」

「はい。よろしくお願いします」

ジュストによく似た笑顔に励まされ、ルチアの落ち込んでいた気分も晴れてきていた。するとまたやる気が湧いてくる。ルチアに戦などのことはわからなくても、経済のことならショーンティ公爵令嬢としての経験があるのだ。

それならば、国内復興のために自分ができることをすればいい。

改めて決意したルチアは、ウィリアムと笑顔で別れた。

近くで控えてくれていたマノンにウタナ王国についての本を預け、もう少し必要な本を選ぶ。

この国にやって来たばかりの頃、ジュストたちの留守に読んだ本を再び手に取った。

同じ本でも、今ならまた違った読み方ができるだろう。

数冊選び取ったルチアは、マノンと手分けして本を抱え、意気揚々と部屋に戻っていった。

＊＊＊

ジュストは昼食時のルチアとの会話を後悔して、鬱々としながらも北部地方への備蓄用穀物についての書類に目を通していた。

せっかくルチアが提案してくれたことを、あんなふうに即断するべきではなかった。

せめてエルマンたちと協議すると持ち帰るべきだったのだ。

それなのに冷たく突き放すような口調で退けてしまった。

(だが、あんな……『大大大好き』などと言われて、冷静でいられるわけないだろう?)

あれはいくら何でも反則である。

確実にジュストの心臓を止めにきたとしか思えない。

そう考えていたジュストはふと気づいた。

衝動を抑えようと必死になるあまり、その言葉にまったく反応しなかったのだ。

要するにあれだけの愛の告白を無視してしまったことになる。

ジュストは自分の愚かさに、頭を抱えた。

（今から会いに行って謝罪すれば……）

自分の失態を挽回できるとは思わないが、愛の言葉を返すことはできる。

書類を机に置いて立ち上がりかけたところで、エルマンとニコルが執務室に入ってきた。

エルマンはジュストを見て、片眉を上げる。

「どちらへ？」

「ルチアに少し会って話をしようと思う」

「え！　ウィリアムとは別に密会じゃないと思いますよ！」

「……密会？」

「あ……」

エルマンの問いかけに答えたジュストを、ニコルが慌てて止めようとした。

だがその内容は初耳で、ジュストは眉を寄せる。

ニコルはそんなジュストを見て、自分が余計なことを口にしてしまったと気づいたらしい。

口を片手で押さえたニコルを、エルマンが冷ややかに見た。

「単に奥様とウィリアム様が先ほど図書室でお話をされていたというだけですよ。それを変に密会だ何だと口にする愚か者が城内にいるようです。たとえばここに」

「いたっ！」

エルマンは淡々と説明しながらも、最後にニコルの背中を拳で叩いた。

かなり痛かったようだが、ニコルは声はあげたものの文句は言わない。

自分がジュストに余計なことを言ってしまったと自覚があるらしかった。

「……そのような話があるということは、やはり皆がウィリアムのほうがルチアと似合いだと思っているのかもしれないいな」

「いえ、あり得ません」

ジュストが自嘲するように言うと、エルマンが間髪入れずに否定した。

しかも元凶であるニコルまでもが呆れたように言う。

「ジュスト様、それはちょっと考えすぎですよ。この城の者たちは気がいい者ばかりですけど、やっぱり噂好きな者はどこにでもいますから。僕もそのひとりですけど、失言でした。すみません」

「……そうだな。私のほうこそ馬鹿なことを言った。すまない」

ふたりの言葉に、ジュストは冷静さを取り戻した。

部下に色恋沙汰で心配をかけるなど、それこそ愚かでしかない。

ルチアには後で必ず謝罪して愛を告げようと決め、ジュストは気持ちを切り替えた。

「ところで、用件は何だ?」

「はい。最近、オドランの王太子が流している噂についてです」

「また噂か」

ジュストは呆れたようにため息を吐いた。

『四人の悪魔』だの『悪女』だのと、今までずっと噂に振り回されている。

そのことに気づいたジュストは、密かに安堵していた。

先ほど聞いた密会の噂に心中穏やかではなかったのだ。

「メント商会の者から聞いたのですが、どうやらオドランの王太子が、花嫁をバランド国王に奪われたと訴えているようです」

「珍しくそれは真実だな」

「ですよねー。でも、その内容が面白いんですよ」

エルマンの報告に、ジュストはにやりと笑って答えた。

ニコルもニコニコしながら同意する。

「ジュスト様が一軍を連れて王宮に乗り込んできたために、脅された僕は仕方なく他の者たちを守るために、奥方が連れ去られるのを泣く泣く見送るしかなかった。だそうです」

「泣く泣く、というよりはキャンキャン煩かったがな」

「弱い犬ほどよく吠えますからね」

「あの場面を見れなかったエルマンかわいそー」

「別にそれはどうでもいいのですが、問題はその噂をウタナ王国側が信じているかもしれないということです」

ニコルの詳しい説明を聞いて、ジュストは面白がった。

実際、自分で負け犬であると噂を流すジョバンニの行動は面白いとしか言いようがない。

エルマンが笑いを堪えながら言うと、ニコルが絡む。

それを無視して、エルマンは本題に入った。

「要するに、オドラン王国側がウタナ王国に、助けを求めたということか？」

もしそれが事実なら、ルチア奪還のための戦として、ウタナ王国に大義名分を与えてしまう。

そしてそれをルチアが知ったなら、自らオドラン王国に戻ると言いだしかねない。

だが、先ほどの昼食時の会話からは、ルチアがこの噂を知っているようには思えなかった。

おそらくカルロもそれを見越して、この馬鹿げた噂をルチアには知らせなかったのだろう。

「そこまでは確かではありませんが、このまま二国間の同盟は成されるのではないかと思われます」

「……とにかく、その噂にはかん口令を出して、ルチアには知られないようにしてくれ」

「かしこまりました」

「あ……」

やはり同盟締結は避けられないかと落胆しつつ、ジュストはエルマンに命じた。

色恋沙汰で部下を——国民を巻き込むのは愚かでしかないが、今回ばかりはバランド王国の威信の問題である。

エルマンは拝命して頭を下げたが、ニコルが場違いな声をあげた。

「何ですか、ニコル？」

「いや、あのさ。この噂ってウィリアムも知っているんじゃないかな」

「……………」

「……………」

エルマンが問いかければ、ニコルがもっともなことを言う。

思わずジュストもエルマンも黙り込んでしまった。

密会だ何だと心配している場合ではない。

ジュストがルチアに会いに行こうと再び立ち上がりかけた時、部屋にノックの音が響いた。

誰何すると、ルチアからの手紙を届けに来たと従僕が答える。

「やっぱり聞いちゃったんですかね？」

「かもしれませんね……」

手紙を受け取ったジュストは、ニコルとエルマンの心配そうな視線を受けながら開封した。

そして取り出し、目を通す。

「どうでした？　まさか帰るとかおっしゃってませんよね？」

「奥様はそこまで極端な方ではないはずです」

ジュストは手紙の内容に安堵すればいいのか、残念に思うべきなのかわからず複雑な心境だった。

それをこのふたりに告げるのも微妙である。

「……噂については何もなかった」

「あ、なんだー。よかった」

「ウィリアム様もさすがに考慮されたのですね」

「だが、明日の昼食はウィリアムも同席させてほしいとあった」

「んん？」

「三人でお食事をされるということですか？」

「そうなるな」

噂については触れられていなかったことを告げると、ニコルもエルマンも安心したようだった。しかし、手紙に書いてあった内容には、ふたりとも驚きをみせる。

「あ！　たぶん、奥方のことだから、ジュスト様とウィリアムの橋渡しをするつもりなんですよ！」

「おふたりは別に仲違いしているわけではないですけど」

「だって、ほら。ウィリアムが帰ってきてからも忙しくてジュスト様ってば放ったらかしでしょ。ウィリアムはきっとかまってほしいんだよ。それで奥方にお願いしたとか？」

「ウィリアム様はもう大人なんですから、子ども扱いは失礼ですよ。ですがまあ、確かにおふたりでお話になる時間がなかったのも事実ですね。それは私が配慮すべきでした。申し訳ございません」

しばらく沈黙が続いたが、ニコルが閃いたとばかりにルチアの手紙について解説した。

エルマンが突っ込むと、それらしい理由をニコルが答える。

ジュストもそこでようやくウィリアムについて、確かにその通りだと気づいた。

以前は何もしなくても、ウィリアムが元気な時は勝手にジュストたちの後をついてきていたので、わざわざ時間を設けるという考えがなかったのだ。

そのことをエルマンが謝罪し、ジュストは首を横に振って答えた。

「いや、エルマンが悪いわけじゃない。私も忙しさにかまけてうっかりしていた。身内だからと甘えていてはダメだな」

「え～、それはいいんですよ。実際、ジュスト様は超お忙しいんですから」

「それなら、お前たちも同じだろう？」

ジュストが苦笑しながら言うと、ニコルがフォローしてくれる。

だが、忙しいのはふたりとも同じなのだ。

「大丈夫でーす。僕たちはジュスト様と違って、愛する人はいないですもん」

「…………」

心配するジュストに、ニコルはからかうように答えた。

すると、ジュストは黙り込む。

「え……まさか、つかぬ事を伺いますが、奥方とはまだ……？」

「何を訊いているのですか、ニコル。そもそもジュスト様はずっとお忙しく、就寝時間も削っていらっしゃるのですよ？」

「いや、まあ、それはそうなんだけど……ダメですよ、ジュスト様。睡眠はとても大切です。ということで、今日はみんな早めに仕事を切り上げましょう。みんなみんなです！　疲れが溜まってはかえって効率が落ちますから。僕が残って仕事をしていないか見回ります！」

ニコルが目を見開きおそるおそるといった様子で訊ねると、エルマンが呆れたように注意する。

それでもめげないニコルがぱっと顔を輝かせて提案した。

「ニコルが休みたいだけでしょう？　ですがまあ、確かにその言い分は一理ありますね」

「でしょう?」

今度はエルマンも突っ込みつつも納得したらしく、調子に乗ったニコルは笑顔のままジュストの机に手をついて身を乗り出す。

「ジュスト様、今夜は早めにお部屋にお戻りになって、そのまま奥方のお部屋に行ってしまいましょう！」

「ニコル！」

「大丈夫だって、エルマン。順序は大切にってことで、まずは少しだけ夜の時間を一緒に過ごすんですよ」

「少しだけ……？」

またまた不躾に助言をするニコルをエルマンが窘める。

ところが、ジュストは気になったようだ。

ニコルはエルマンに得意げに笑ってみせ、ジュストに向き直った。

「いきなりベッドに誘うのではなく――」

「ニコル！」

「まあまあ。最後まで聞いてよ、エルマン。えっと、そうそう。今の季節は特に夜空が綺麗ですからね。『今夜は星空を一緒に見よう』ってバルコニーに誘うんですよ。あ、もちろん冷え込みますからね。ちゃんと抱き寄せてください」

止めようとしたエルマンは諦めたらしく、頭痛を和らげようとこめかみを揉み始めた。

そんなエルマンは気にせず、ニコルは続ける。

「少しだけ夜空を見たら、紳士らしく寝室まで送る。それからどうにか耐え抜いて、キスだけにとどめて別れるんです。それで女性は嬉し恥ずかしドキドキキュンなはずです」

「嬉し恥ずかしドキドキキュン……？」

「そうですよ。それで次の機会に『今夜は星空よりも一緒に美しい夢を見よう』って誘うんです。どうですか？　段階を踏んでいるでしょう？」

「一段だけじゃないですか」

「エルマンは黙ってて！　女心がわからないんだから！」

「ニコルだってわからないでしょう？」

「エルマンよりは何百倍もわかるね！」

シメオンがいなくてもエルマンとニコルのくだらない言い争いは変わらず勃発する。

そんなふたりのやり取りを聞き流しながら、ジュストは今の案を考えていた。

やがて決着がついたのかつかないのか、エルマンが言い争いを終わらせる。

「とにかく、早めに仕事を切り上げるなら、さっさと働きますよ。ニコルは皆の倍は頑張ってください」

「そんな無理しなくても明日やればいいんだよ～」

「ダメです。あなたはすぐサボるのですから。それでは、ジュスト様。失礼します」

「ジュスト様、失礼します。応援してますからね！　いてっ！」

退室の挨拶とともにひと言を加えたニコルをエルマンが小突き、ふたりは執務室から出ていった。

そんなふたりを笑いながら見送り、ひとりになったジュストは明日の昼食のことを思い、小さくため息を吐いたのだった。

ルチアは部屋に戻り、バランド王国の詳細が描かれた地図を広げて、改めて眺めた。

今までに何度も眺め、各貴族たちの領土や特産品、収穫量などは頭に入っている。

それでも今度は違う角度で眺めれば、収穫量などの数字だけではないものが見えてきていた。

さらにバランド王国内の風土について書かれた書物と一緒に読み込めば、これからやるべきことがわかるのだ。

もちろん、ジュストやエルマンたちのほうが十分に理解しているだろうが、ルチアの視点から考えれば違う答えも出てくるかもしれない。

今、一番に問題になっているケーリオ辺境伯領、そして北部地域を重点的に眺め、ルチアはもうひとつの地域に目をつけた。

（やっぱり、アーキレイ伯爵の元領地をこのままにしておくのは惜しいわ……）

アーキレイ伯爵の元領地は、今のところ王家預かりとなっているが、領主代理として信用できる政務官を置いているだけである。

もう少し情勢が落ち着けば、何らかの手を打つことになるのだろうが、どうせなら今からでもいいのではないかと思えた。

肥沃な土地に豊富な農作物、天候は比較的安定していて、災害もほとんどない。防衛面から見ても攻め込みにくく、何よりこの国の中央に位置するのだ。

（いっそのこと遷都してしまえば……）

アーキレイ伯爵がすでに整備を行っているため、江戸の町のように大きな工事は必要ない。

ただし、街道整備は別である。

東海道などの五街道のような基幹街道を整備拡充し、いざとなった時に軍用道路として使えるようにしたかった。

とはいえ、街道整備は先に北部地域にするべきかもしれない。

冬になると雪で閉ざされることが多々あるらしいが、積雪よりも泥濘《ぬか》むことによって、人や馬の足が取られ前へ進めなくするのだ。

（でも、アスファルト舗装できるわけじゃないし、コンクリート……ローマンコンクリート……は火山灰が確か必要なはずだから、今から研究開発している場合じゃないわ）

二千年も前のローマ建築が未だに残っているのは、ローマンコンクリートのおかげでもあると、前世に何かの記事で読んだことがあった。

ローマンコンクリートは火山灰と石灰、他に何かあったはずだが、それらに海水を混ぜて作られているということまでは覚えているが、他に何を混ぜるのだったか、配合量はどれくらいかは覚えていなかった。

（コンクリートは無理でも、石畳ならいけるわよね……）

ローマンコンクリートで思い出したが、古代ローマ兵は土木技術にも優れており、行軍のために自ら戦車などが通れるよう頑丈な道を作っていたらしい。

だが、あれは戦争などのない暇な時に兵士たちを休ませないためのものだった。

そのため、かなり手間がかかる。

馬車が行き交うことができるほどの幅の道を、できるだけ直線になるよう森を切り開き、深い穴を掘って大小それぞれ石を下層路盤として敷き詰め、砂利や粘土を敷いた上に岩石ブロックを敷き詰めていたはずだ。

（って、本当はもっと丁寧にしてるはずだけど、それ以上はよくわからないわ。でも……そこまで手はかけられなくても、アーキレイ伯爵の元領地には石畳の道が多いそうだから、それなりの技術はあるということよね？　しかも伯爵一代でそこまで発展させたんだもの）

その技術者と話をすることは可能だろうかと思いつつ、ルチアがそこまで口を出してもいいものかと悩む。

とにかく、今年はひとまず備蓄を補充することになっているのだから、北部地域についての街道は見送るべきだろう。

時間的に余裕がないのは、やはり防衛なのだ。

もしウタナ王国がオドラン王国と手を組み、攻め込んできたとしたら、内乱が落ち着いたばかりのこの国では防衛はかなり厳しくなる。

それどころか、旧アーキレイ伯爵派が兵を挙げないとも限らない。

（やっぱり一番の問題は、ウタナ国王が何を考えているのかよね）

ルチアはケーリオ辺境伯領と国境を挟んで描かれているウタナ王国を再びじっと眺めた。

国境地域に兵を増やしているのは、防衛のためなのか侵攻のためなのか。

ケーリオ辺境伯領とウタナ王国との境は丘陵地になっている。

だが昔から商人たちの往来はあったため、何本かの街道は通っていた。

そこに関所のような形で両国とも監視塔を立て、お互いの動きを見張っているのだ。

それもウタナの先々代国王の時代に何度か侵攻されたことが原因だった。

（あら？　これってもしかして……？）

先々代までは特に問題なく平和が続いていた両国間で、なぜウタナの先々代国王が侵攻を企てたのか考えていたルチアは、ウタナ王国側の地形を見て眉を寄せた。

前世のような精巧な地図ではないので、標高や等高線などはない。

そのため、風土記などを読んで、辺境伯領の中心部から関まで歩いてどれくらいの距離か、特産品の農作物の種類などで、だいたいイメージするしかなかった。

（シメオンがいれば、訊けたんだけど……）

あいにくシメオンは今オドラン王国との国境に駐留しているため、話を聞くことはできない。

だが、城にケーリオ辺境伯領出身の者ならいるかもしれないとルチアは希望を持った。

エルマンに頼んでその者に話を聞ければと考え、すぐにためらう。

（さすがに出しゃばりすぎよね……）

遷都についての提案も防衛に関係することで、ルチアが口出しすることではない気がしてきた。

以前、領地転換を提案した時には、ジュストもエルマンたちも受け入れてくれたが、王都を移すとなるとさすがに抵抗があるのではないだろうか。

この城も、バランド王家の歴史が刻まれているのだ。

（でも、イングランドだって最初の首都はウィンチェスターだったし、日本だけでなく都が遷ることはよくあることよね……）

権力者が変わるたびにというのもあるが、その時代それぞれで状況も変わるのだから、王都が変わるのも必然だった。

とはいえ、やはりルチアから提案するのは怖い。

どんな意見でも聞きたいとは言ってくれたが、もしルチアが間違った提案をしてしまった時、ジュストに今日のように気まずい思いをさせてしまうのではないかと怖かった。

間違った提案をしたからといって、ジュストに嫌われてしまうとまでは思わないが、気を遣わせてしまうのは間違いないのだ。

（もっとお互いの距離が縮まれば、そんな気も遣わなくなるのかな？）

気を遣わず、自分の意見を主張していたばかりに、ジョバンニには嫌われてしまった。

だからといって、前世のように嫌われたくなくて気を遣ってばかりも疲れる。

もっとジュストに近づきたい。だけど怖い。

好きの気持ちが大きくなればなるほど、不安が増してくる。

（贅沢な悩みだよね……）

好かれていると思っていなかった時には気にならなかったことが、どんどん大きくなってくるのだ。

ルチアは地図から顔を上げて、寝室に繋がる扉を見つめながら、さらに先の扉について考えた。

いっそのこと、今夜にでもあの扉を開けてしまえば、この不安な気持ちは解消されるかもしれない。

それともただの物置で、拍子抜けするだけだろうか。

もし鍵がかかっていたなら、立ち直れないかもしれない。

（いっそのこと、明日の昼食で夜も誘ってみるとか？　……って、ダメだ。ウィリアムが同席するんだった）

自分で提案しておきながら、ふたりきりになれないことに、ちょっとだけ後悔する。

ルチアは国内情勢について悩み、隣国との関係に悩み、何よりジュストとの距離感に悩んで、大きなため息を吐いた。


しかし、その夜。

あれこれ考えてしまっていたルチアは、早めに寝てしまおうとベッドに入り、枕元の灯りを消そうとした。

その時、一度も開いたことのない扉の向こうで人の気配がして、慌てて体を起こす。

緊張して上掛けをぎゅっと握りしめ、ルチアは取っ手が動くのをドキドキしながら見ていた。

そして開いた扉からジュストが顔を覗《のぞ》かせた時は夢を見ているのかと思った。

ぼんやりとした明かりに照らされて、ジュストの顔が驚きから気まずそうなものに変わる。

「すまない。寝るところを邪魔してしまったようだ」

「い、いえ！　大丈夫です！　起きてます！」

自分でも何を言っているのかわからないまま、ルチアはベッドから出ようとした。

しかし、足が寝衣に絡まって上手く動かない。

そんなルチアに近づき、ジュストはそっと肩を押さえて止めた。

そのままベッドに腰を下ろし、ルチアと向き合う。

「今日はいつもより早く仕事が終わったので……おやすみを言いに来たんだ」

「そ、そうなんですね……」

今まで抱きしめられたことも、キスをしたことも何度もあるのに、ただ寝室にふたりきりというだけで、ルチアの心臓は早鐘のように打っていた。

顔もおそらく真っ赤になっているはずで、耳まで熱い。

それなのに、ジュストは突然の訪問理由を告げた後は、ただじっと見つめてくるだけだった。

すっかり油断していたので、まったく化粧もしていなければ、髪の毛も適当にしか梳《と》かしていないのだ。

どうせならもっと可愛い寝衣を着ていればよかったと思い、衣一枚の自分の姿が気になった。

上掛けで上半身を隠してしまいたいが、それではジュストを拒絶していると思われるかもしれない。

ルチアが動くこともできず、見つめ合ったまま目を逸らすこともできないでいると、ジュストが手を伸ばして髪に触れた。

びくりとしたルチアを気遣うように、ジュストはすぐに手を離す。

「ジュスト様、あの――」

今のは反射的に驚いただけで、決して嫌だったわけではないと言いたかった。

だが、ジュストはすっと立ち上がる。

「今夜は……美しい夢を見よう」

「……え？」

ジュストは優しく囁くように言うと、屈んでルチアの額《ひたい》にキスをした。

それから目を丸くするルチアに微笑みかける。

「おやすみ、ルチア」

「……おやすみなさい」

本当におやすみを言いに来ただけらしく、ジュストはベッドから離れて扉に向かう。

返事をするだけで精いっぱいだったルチアは、その背を見つめることしかできなかった。

ジュストは扉を開け、出ていく前に振り返ってもう一度優しく微笑んだ。

そして、静かに扉は閉まり、室内はしんと静まり返る。

夢のような時間は本当に夢のようで、ルチアは震える手で頬をつねった。

「……痛い」

こんな古典的なことを自分がするなんて思わなかったが、ひとまず痛いことに安心した。

そのまま後ろに倒れたルチアはキスをされた額に触れる。

（ここまできて、額にキスだけ……）

自分には魅力がなかったのだろうかと思いかけ、すぐにそうじゃないはずと言い聞かせる。

きっと髪に触れられた時に反射的に驚いてしまったのが失敗だったのだ。

だからきっと、キスも額だけにしてくれたのだろう。

そう考えると嬉しくなり、ごろりと転がって枕に顔を伏せた。

そうでないと叫び出したくなる衝動を抑えられそうにない。

ついにジュストは寝室まで来てくれた。

それが嬉しくて、叫ぶ代わりにベッドの上をごろごろ転がる。

次こそは失敗しない。

驚いたりしないよう、いっそのことルチアから触れてしまえばいいのだ。

(もちろん、そんなに大胆なことはしないけど……)

自分で自分に言い訳し、恥ずかしくなって、また転がる。

結局、早く寝るつもりが興奮してしまい、ルチアはなかなか寝付くことができなかったのだった。

＊＊＊

ジュストは自室に戻ると、ずんずん進んでひとり掛け用のソファに勢いよく腰を下ろした。

それからがっくりうなだれ、頭を抱える。

「大失敗だろ……」

まさかもうルチアが寝るつもりだとは思わなかった。

以前の会話で聞いた就寝時間よりもかなり早かったのだ。

そこでジュストはふと気づいた。

どこか体調が悪くてルチアは早めにベッドに入ったのかもしれない。

ジュストは心配になり立ち上がったものの、結局また座った。

今戻っても、邪魔をするだけだろう。

明日の朝、ルチアの侍女にでも使いを出して訊ねようと決め、深く息を吐いた。

と同時に、徐々に冷静になってくる。

やはりいきなり寝室を訪ねるべきではなかった。

とはいえ、先触れを出すなど、ずいぶん偉そうな気がして、血が通っていないと思えたのだ。

（星を見るだけで、こんなに難易度が高いとは……）

ニコルから提案された時にはいい考えだと思えたのだが、まったく上手くいかなかった。

そもそも、ルチアの寝衣姿があまりにも魅力的で、思考が一時停止してしまったのだ。

ルチアはベッドから出ようとしていたが、全身を見てしまったら衝動が抑えられなくなる。

すぐにでも上掛けですべてを隠してしまいたいくらいだったが、動いてしまったらそのまま押し倒してしまいそうで動くこともできなかった。

「情けない……」

自分が何を言ったのかも覚えていない。

ニコルからのアドバイスの言葉も間違ってしまった。

ルチアを怖がらせなかっただろうかと心配だが、どうにか紳士的には去れたはずである。

(明日の昼食は、ウィリアムがいてくれてよかったかもしれない……)

ふたりきりならお互い気まずかっただろう。

ウィリアムに頼るのは癪だが、今はあの明るさが救いでもあった。

ジュストは立ち上がると、もう少し仕事をしようと執務室に向かいかけてまた立ち止まる。

おそらくジュストが仕事を始めると、他の政務官たちに気を遣わせてしまうだろう。

仕方なく、ジュストは自室の書斎に入り、壁際にある棚から酒を出した。

いつもなら自室にまで仕事を持ち帰っていたが、今日はうっかりしており、大したものは置いていない。

そこでひとりじっくり考えることにした。

(ウィリアムか……)

ウィリアムが帰還してから数日、ジュストたちは目の前の山積みになった仕事に忙殺され、きちんと話をする機会を設けることもなかった。

この七年間、ウィリアムがどのように過ごしていたか、きちんと知るべきなのだ。

昔は体が弱かったが、今はそのように見えない。

もしウィリアムの協力があれば、今後はかなりジュストの負担が減るのは確かだった。

（嫉妬などせず、ウィリアムと話をする機会を作ってくれたルチアに感謝すべきだな……）

昼間のルチアからの手紙には、了承したと簡潔に書いただけの返事をしてしまっていた。

それなら先ほどきちんと礼を言うべきだったのだ。

明日、ウィリアムの前で口にするのは憚られる。

本当はもっとルチアと近づきたい。

それでも遠慮してしまうのは、本当に自分でいいのかとどうしても考えてしまうからだった。

あの思い出の庭で、ルチアがウィリアムと並んでいる姿を見て、その思いはさらに強くなっていた。

貴公子然としたウィリアムはジュストから見ても洗練されており、頬を染めたルチアを目にして心が痛んだ。

帰還したウィリアムを迎えた時も、ルチアは見惚れているかのようで、その後もぼうっとしていたことを思い出す。

しかし、その後に部屋まで送ったルチアは、出ていこうとしたジュストを引き止めてくれた。

あれが「本心」だと伝え、キスまでしてくれたのだ。

そこまで思い出したジュストは心が温かくなり、ほっと安堵してグラスを口へと運んだ。

ふうっと深く息を吐きだし、椅子の背にもたれたジュストは、今度は昼間のルチアの意見について考えた。

（対話か……）

もし本当にウタナ国王がオドラン側の噂を信じ込んでいるだけなら、話せばわかるかもしれない。

あの時はルチアの意見を退けてしまったが、きちんとエルマンたちと協議するべきだろう。

ただ、使者を送るという話になれば、エルマンもニコルも自分が行くと言い出しかねない。

というより、絶対に言う。

命の危険より何より、今あのふたりに抜けられるのは痛い。

だからといって、使者に立てるほどの身分の信用できる者がいないのも事実だった。

（ウィリアムの身分なら可能だが……）

さすがに経験値がなさすぎて、補佐として政務官を付けていても、相手に見破られるだろう。

とすれば、舐められるか馬鹿にしていると怒りを買うか。

すんなりいく可能性もあるが、あえて危険は冒せない。

「厄介なことになったな……」

再びひとり呟いたジュストは、グラスを空にしてテーブルに置いた。

今夜はあまり酒が美味しいとは思えず、一杯だけにする。

今回のことを無事にやり過ごすことができても、おそらくオドラン王国はあの王太子がいる限り、トラブルの元になるだろう。

放っておけばいいのかもしれないが、ルチアの故国であり隣国なのだ。

今後のことを考えると、何かしら手を打ったほうがいいのだが、それも今のバランド国内の情勢では難しかった。

いっそのことすべてを投げ出し、ルチアを連れてどこかでのんびり暮らしたい。

だが、そんなことは自分の性格からできないことはわかっている。

何より、ルチアが許さないだろう。

その時のことを想像すると、ジュストの顔に自然と笑みが浮かんだ。

賢明で勝気、そして自分のことより他人を優先する優しいルチアが好きなのだ。

今日のことでルチアが怯んでしまわないよう、もっと遠慮なく意見を述べてもらうためにも、また皆で協議する機会を設けよう。

そう考えたジュストは満足し、自分も今日は早く寝ようと従僕を呼んで寝支度を始めたのだった。

第六章

翌日の昼食前。

ルチアは緊張しながら、いつものようにジュストの自室へと入った。

すると、ウィリアムはすでに待機している。

「こんにちは、ウィリアム」

「ルチア様、こんにちは。今日は素敵な機会をいただき、ありがとうございます」

「お礼は私ではなく、ジュスト様におっしゃってください」

ルチアが部屋に入るとすぐに立ち上がったウィリアムは、にこやかに挨拶を返してくれた。

それから、ルチアが席に着くと、自分も再び座る。

「もちろん、兄様にもお礼は伝えます。ですが、やはりこの機会を作ってくださったのは、ルチア様ですから。久しぶりに兄様と話ができるのが楽しみなんです」

「ジュスト様はお忙しくていらっしゃるから……」

「ええ。ニコルもエルマンも。前は嫌っていうほどニコルはかまってきていたのに、何もないと物足りなく感じるものですね」

冗談めかして言うウィリアムのぼやきに、ルチアは笑った。

顔はよく似ているのに、こうして話していると、やっぱりジュストとはまったく違って見えてくる。

「では逆に、今度はウィリアムがニコルにかまえばいいのではないですか？」

「僕がですか？」

「ええ。ウィリアムは言っていたじゃないですか。フルトン公国で少しでもジュスト様たちのために力になれるように努力したと。剣も扱えるようになったのなら、ニコルの訓練中に参加してはどうですか？」

「いいですね、それ。ま、僕じゃニコルの相手にならないのは間違いないですけど、少しは成長したってところを見せられますよね？」

「きっと」

「もう、病にもめったにかからないのですから、少しくらいの戦力になれるところを示してみせます！」

「ですが、無理をしないようにほどほどにしてくださいね」

「ルチア様までそんな過保護なことをおっしゃるんですね。僕はこれでも年上ですからね！」

「そういえば、そうでしたね」

「ひどいな」

ルチアが悪戯っぽく答えれば、ウィリアムは文句を言いつつ笑う。

ルチアも一緒に笑っていると、そこにジュストがやって来た。

「楽しそうだな」

「ジュスト様！」

ウィリアムと過ごすのは楽しいが、やはりジュストと一緒に過ごせるのが嬉しかった。

ルチアはぱっと顔を輝かせ、席に着くジュストを見つめる。

ふたりが並んでいるのは、ウィリアムの帰還を迎えた時以来だが、改めて見ると似ていない。

碧色の瞳も鼻の形も少し薄い唇も同じなのに、全然違うのだ。

なぜか嬉しくなって、ルチアはニコニコしながら食事を始めた。

「それで、何の話をしていたんだ？」

目の前のジュストの存在に気を取られすぎて、ルチアは質問されても答えられなかった。

何の話だったかしら、とウィリアムに助けを求めるように視線を向ける。

ウィリアムはそんなルチアに気づいているのか、笑いを堪えながら口を開いた。

「僕のほうが年上なのに、ルチア様に弟扱いされてしまったんです」

「え？　それはさすがに言いすぎです！」

ジュストにとって弟のような存在のウィリアムを、ルチアも会って間もないのに弟扱いするのはずうずうしいと思われないかと焦って否定した。

自意識過剰なのはわかってはいるが、少しでもジュストに悪く思われたくなかったのだ。

ちらりとジュストを見ると、何を考えているのか読み取れない表情をしていた。

だがすぐに、ルチアの視線に気づいて微笑む。

「ずいぶん仲良くなったんだな。私はフルトン公国に行ったことはないが、ルチアはあるのか?」

「はい、一度だけですけど。芸術の都と呼ばれるだけあって、私は圧倒されてしまいました」

「僕も、残念ながら芸術はさっぱりでした。ですが、体だけは丈夫になりましたので、これからは兄様のお手伝いができればと思っております」

「そうか……」

ルチアとウィリアムの言葉に、ジュストは微笑んだまま頷いたが、何か違和感があった。

それが何かわからないまま、ルチアは言い添える。

「ウィリアムは剣の稽古もしていたそうです。それで先ほど、ニコルと手合わせをしてみればいいのではと話していました」

「ルチア様、それも少し違います。ニコルに僕が相手になるわけがないのですから。ジュスト兄様とシメオンくらいですよ、ニコルの相手ができるのは」

「そうなんですか?」

「まあ、そうかな……」

ニコルやシメオンがかなりの手練れだというのは聞いていたが、ウィリアムも知っているほどジュストも剣を扱えるのだ。

それを知ったルチアが目を輝かせると、ジュストは少し照れたように答えた。

その姿を見ただけで、ルチアは今日の萌えを充電できた。

(ジュスト様が可愛くて最高なんですけど……!)

ルチアはどうにか平然としていたが、心の中では悶え回っていた。

そんな呑気なルチアと違って、ウィリアムは今日の目的を忘れていなかったらしい。

少し姿勢を正して、ジュストに向き直った。

「それで、実はフルトン公国で今話題になっている噂があるんです」

「噂……?」

ウィリアムの言葉を聞いて、ルチアも慌てて心の姿勢を正す。

しかし、ジュストの声にはわずかに不機嫌さが滲む。

それにはウィリアムもルチアも怯んだ。

「そ、その、噂を信じるなんて馬鹿げているとは思います。だけど今回のは……兄様がオドラン王宮に乗り込んで、王太子の花嫁を奪ったというものなんです」

「……知っている」

「そうでしたか……」

ウィリアムはジュストの態度に緊張していたが、その反応にはほっとしたようだった。

噂の内容を聞いて怒りだすかもと思ったのだろう。

ルチアもジュストがいきなり怒ったりはしないとわかっていたが、それでもどんな反応をするかは心配だった。

「この噂も、フルトン公国では笑い話になっているんです。ただ、ウタナ王国は本気にしてしまったのではないかと。それでオドラン王国と同盟に向けて、今動いているのではないかと思ったので、お伝えしなければと思ったのですが……ご存じだったのなら必要なかったですね」

「いや、教えてくれたのはありがたい。笑い話になっているというのは知らなかった」

ウィリアムが苦笑しつつ話すと、ジュストは首を横に振った。

どんな噂でも、やはり知っておいたほうがいいのは確かである。

真実もあれば、たまにとんでもない秘密が隠されていたりもするのだ。

「フルトン公国では、ルチア様のことも有名でしたから。優秀な花嫁を奪われたオドランの王太子は間抜けだと、笑われているんです」

ジュストはフルトン公国での噂についてさらに詳しく聞くと、皮肉げな笑みを浮かべた。

「では、私は優秀な花嫁を奪った悪魔だと言われているのか？」

「いいえ、まさか。ルチア様が特別なのです。フルトン公国は商人たちの拠点にもなっていて、真実に近い噂の宝庫ですからね。オドラン王国がここ数年で飛躍的に経済回復したことは有名ですし、それがルチア様のお力だということも伝わっていましたから」

「ウィリアム、噂は大げさなものよ」

ジュストの問いに答えたウィリアムは、余計なことまで口にした。

ルチアは気恥ずかしくて、顔を赤らめてウィリアムを窘める。

ウィリアムは不服そうにしたが、もう何か言うことはなかった。

すると、ジュストが口を開く。

「明日の午後、オドラン王国とウタナ王国の同盟について、エルマンたちと対策を話し合う予定だ。よければルチアとウィリアムも同席してくれ」

「……わかりました」

昨日、無謀な意見を口にしたのに、ジュストはまた会議に参加させてくれる。

それが嬉しくて、ルチアはしっかり頷いた。

ウィリアムは一瞬理解できなかったようだが、すぐに嬉しそうに反応する。

「いいんですか？」

「ああ、かまわない。ウィリアムも今後少しずつでいいから、私たちの仕事を手伝ってくれ」

「はい！」

ウィリアムは本当に嬉しそうに顔を輝かせ、元気よく返事をした。

願っていたことが叶うのだから当然だろう。

ルチアはそんなウィリアムを微笑ましく見ていた。

だが、明日のためにもルチアは準備をする必要がある。

その後はフルトン公国でのウィリアムの生活などが話題の中心になり、楽しく食事を終えることができたのだった。

＊　＊　＊

もう遠慮してはいられない。

やはりジュストたちの役に立つために、この国のためには恐れず意見を述べるべきだと思い直したルチアは、ケーリオ辺境伯領出身の政務官を自力で見つけて、声をかけた。

仕事の邪魔をしてしまうことを謝罪すると、政務官は恐縮していたが、簡潔にまとめた質問にははきはきと答えてくれる。

さすがエルマンの下で働いているだけはあると感心しながら、ルチアは知りたいことを得て、政務官にお礼を言って自室に戻った。

そして、地図を広げる。

地図は政務官と一緒に眺めたもので、書き込むのはためらわれたものの、ほんの少しだけ印を入れていた。

それとメモとを照らし合わせ、もう一度じっくり考えた。

なぜ先々代ウタナ国王が侵攻を試みたのか。

単に領土拡大を目指したとも言えるだろうが、おそらくはウタナ王国側の土地に問題を抱えているからだろう。

(この土地の一番の問題はたぶん治水なのよね……)

川は何本もあるが、どうやらすぐに氾濫してしまうらしい。

晴れの日が多く降水量が少ないので本来なら麦の栽培には適しているが、どうやら春先の大雨で氾濫してしまうようだ。

(分水嶺がバランド王国側にあるから、ひょっとしてこちらの仕業と思っていたなんてことは……)

先々代ウタナ国王や周囲の人間にどれだけの知識があったのかはわからないが、治水工事を過去に行ったことはないようだった。

もし、本当に治水工事を行うなら、いくつかの堤の建設、河川の浚渫や拡張などといった大規模なものが必要になる。

今現在のウタナ王国の国力でそれだけのものができるのだろうかとルチアは考えた。

(ケーリオ辺境伯領では、長い年月をかけて治水工事を行ってきたようだけど……)

バランド王国は残念ながら各領地によって、治水工事、灌漑工事などによる土地力がかなり違う。

それをこれから国家事業として均一化していき、地域格差をなくしていければとルチアは考えていた。――資金人員は領主持ちで。

（まあ、当然農業に不向きな土地はあるから、そのあたりも含めて考えていかないといけないけどね）

明日の会議で提案できるかどうかはわからないが、ウタナ王国との交渉材料にはなるはずだった。

後はウタナ王国とオドラン王国の同盟の目的である。

両国でバランド王国へ侵略を企てているとは思えないが、油断はできない。

（まさかジョバンニ殿下が馬鹿なことを考えてなんていないわよね……）

カルロも特に何も言っていなかったのだから、問題ないはずだ。

そう考えて、今さらルチアは違和感を覚えた。

むしろ、何も言わなかったほうがおかしい。

以前は暴動が起こったことなど教えてくれたのに、今回話題に上ったのはウタナ王国との同盟問題だけだった。

カルロはもうすでに城を出ている。

数日後には王都を発つと聞いているが、今から会いに行くことも呼び出すことも、迷惑でしかない。

(浮かれすぎて抜けてた……)

ジュストに頼られたことが嬉しくて、視野がすっかり狭くなっていたらしい。

ウィリアムの言う噂が本当なら、ジョバンニが流したものにしか思えなかった。

無理やり結婚させられそうになった時のことを考えても、ジョバンニはどうも自分に都合のいいように記憶を改ざんしてしまうようだ。

ジョバンニが自分可哀そうムーブするのはわかるが、笑い話になっているというのに、カルロが話してくれなかった理由。

ウィリアムの予想の『ウタナ王国に助けを求めた』というのは、まさか、ルチア救出のために助けを求めたのではないだろうか。

だとすれば、バランド王国侵攻に立派な大義名分になる。

(いえ、それならまず、正式な文書なり使者を立てるなりして、抗議してくるはずよ。そんな話は聞いていないもの)

さすがに王城にオドラン王国の者が出入りすれば、ルチアにだって伝わるはずだ。

今のところそれがないのだから、ジュストが隠しているとも思えない。

(明日のお昼に訊いてみよう)

何となく答えを得るまでは落ち着かないが、忙しくしているところにわざわざ訪ねるのも申し訳ない。

ルチアは今できることを、と地図を改めて眺めて、何か見落としていないかしっかり確認していった。


その夜。

ルチアは念のためにと寝支度を念入りに整えて寝室で本を読んでいた。

だが、そわそわしてしまって、内容が頭に入ってこない。

時計を見ればいつの間にか日付は変わっており、ルチアは驚いた。

(昨日は早くお仕事が片付いたって言ってたけど、さすがに今日もってことはないか……)

がっかりしているようなほっとしているような複雑な気分で本を閉じたルチアは、ショールを羽織ってバルコニーへ出た。

この世界の夜空はいつも美しいが、今夜はひと際星が輝いて見える。

ほうっと吐息を漏らした時、人の気配がしてはっと振り向いた。

「……ジュスト様?」

「ルチア……」

ジュストはルチアがいることに驚いたようだったが、名前を呼ぶ声は優しい。

部屋から漏れる明かりでかすかにわかるジュストの動きを目で追うと、どうやら警戒していたらしく、剣の柄から手を離したのがわかった。

それだけでもうかっこいい。

ひょっとして全部が夢ではないかと思うくらい今が現実離れしているように思えた。

「……眠れないのか？」

「いえ……そうですね。星空が綺麗なので、思わず見入っていました」

本当はジュストを期待して待っていたとは言えず、ルチアは微笑んで誤魔化した。

暗闇に慣れたおかげで、ゆっくり近づいてきたジュストの顔がよく見える。

ジュストはまだ昼間と同じ服であることから、仕事を終えたばかりのようだった。

「ジュスト様は、今までお仕事をされていたのですか？」

「ああ。書類仕事は苦手だ」

ルチアの質問に、ジュストはため息交じりに答えた。

だが、苦手だから遅くなったのではなく、それだけ忙しいことはちゃんと知っている。

それなのに疲れて部屋に戻ったところで、バルコニーに人の気配を感じて警戒させてしまったのだ。

本当ならゆっくりしているはずだろう。

「すみません。私が驚かせてしまったのですね。お疲れでしょうから――」

「もう少し、一緒にいてくれないか？」

「……はい」

心配するルチアの言葉を遮り、ジュストは懇願するように告げた。

やはりこれは夢のような気がする。

ルチアはぼうっとした頭でそう考え、星空を背に立つジュストを見つめた。

「寒くないか？」

「……はい」

体は緊張と期待で熱くなっていて、寒さなど感じなかった。

だが、かろうじて出てきた声は震えてしまい、ジュストは寒さのせいと勘違いしたのか、そっとルチアを抱き寄せる。

これはついに初夜決行かもしれないと、ルチアはパニックになってしまっていた。

ここは自分から部屋に誘うべきか、それとも導かれるのを待つべきか、手を握ってもいいだろうか、抱きついてもいいだろうか。

頭の中でぐるぐる考えているうちに、ルチアは限界を超えた。

ジュストの腕の中からじっと碧色の瞳を見つめ、えいっと背伸びをしてキスをしたのだ。――が、失敗してあごにしてしまった。

「す、すみません……」

一瞬で冷静になったルチアは、恥ずかしさのあまり消えてしまいたくて、ジュストの腕の中で顔を伏せた。

しかし、今度はジュストがルチアのあごを持ち上げて唇にキスをする。

さらにはいつもの優しく触れるだけのキスではなく、少し強引で深くて甘い。

その甘さがお酒の味だと気づいたのは、突然キスが終わってからだった。

「……ジュスト様？」

「すまない。明日のこともあるから、今夜はもう寝たほうがいいだろう」

「あのっ……はい」

明日の会議なら午後からのはずで、ルチアは午前中は特に用事はない。

だから大丈夫だと言いかけて、ジュストは朝から忙しいだろうことに気づいた。

がっかりするなんて間違っている。

今はまだ、あまりにたくさんの課題があり、ジュストは大変なのだ。

ルチアはどうにか笑みを浮かべて頷いた。

そんなルチアに、ジュストは軽いキスをして微笑み返す。

ジュストが優しすぎてつらい。

だがそれは、ルチアの贅沢な悩みなのだ。

「ちゃんと鍵をかけるのを見ているから」

「……ありがとうございます」

ジュストは寝室入口になる窓辺まで送ると、そう言ってルチアだけ部屋に入るよう促した。

ルチアは素直に従い窓を閉め、ジュストに見守られながら鍵をかける。

本当は一緒にと部屋へ誘いたい。

それでもルチアは頑張って微笑みを浮かべ、ジュストが去っていくのを窓越しに見送ったのだった。

第七章

翌日のルチアは寝不足のまま、昼食の席へと向かった。

あれから眠ることなどできず、目の下には盛大なくまができているが、マノンの手腕で上手く隠してもらっている。

顔色もよくするためにいつもより頬紅も濃い。

不自然に思われないか心配したが、ジュストがそれを口にも態度にも出すはずもなく、ルチアはぎこちないまま昼食を終えた。

この後はいよいよ、ウタナ王国とオドラン王国の同盟についての会議なのだ。

眠いなどと言っておられず、ルチアはいったん部屋に戻ると、化粧を直してもらい、ジュストの執務室へと向かった。

すると、ちょうど部屋の前でウィリアムに会う。

「こんにちは、ウィリアム」

「ルチア様、こんにちは。何だか緊張しますね」

「そうですね」

実際にウィリアムは緊張しているらしく、それが見て取れたルチアは思わず微笑んだ。

執務室へは先にルチアが入り、ウィリアムが続くと、すでにいたニコルがからかうように言う。

「あれー？　一緒に来たんですか？　ダメだよ、ウィリアム。ルチア様に甘えたら」

「たまたま入口で一緒になっただけです。ニコル、からかわないでよ」

部屋にはジュストはもちろん、エルマンもすでにおり、立ち上がって迎えてくれる。

ルチアはウィリアムとニコルのやり取りを耳にしながらも、ジュストから目を離せなかった。

先ほど一緒に食事をしたばかりなのに、仕事中のジュストはまた違ってやはりかっこいい。

（はー、無理。いつでもどこでも何をしてもかっこいいとか無理。昨日のことはやっぱり夢じゃないかな。推しが尊すぎてしんどい）

ウィリアムとニコルの呑気な空気のおかげか、ルチアも緊張していたのを忘れ、ジュストの精悍な姿を満喫した。

しかし、なぜかいつもはすぐに目が合うのに、ジュストはまったくルチアを見ようとしない。

ウィリアムとニコルを見ているようで、ルチアも席に着きながらそちらに視線を向けた。

ふたりは剣の鍛錬について話しているが、特に変わった様子もない。

「はいはい。いい加減に着席してください。ウィリアム様、それくらいの意見をこの後も聞かせてくださいね」

「は、はい……」

エルマンはふたりに割り込む形でウィリアムに声をかけ、ついでにプレッシャーもかける。

ニコルはニコニコしており、エルマンはルチアを見てからジュストに視線を向けた。

応えてジュストが頷く。

「さて、それではオドラン王国とウタナ王国の同盟とその脅威について、また国内情勢の安定化のための対策についての話し合いを始めましょうか」

はっきり議題を口にするエルマンの宣言で始まった会議では、まずシメオンから届いた報告書が読み上げられた。

ひとまずは荒れた休耕地の復興と、少し遅くはなったが種まきにはどうにか間に合いそうだとある。

どうやら次の収穫期には今期よりかなりの収穫量を見込めそうで、ルチアはほっと息を吐いた。

だが、それも国境が平和であればこそだ。

もしオドラン王国が攻め込んでくれば、せっかく再生した土地が踏み荒らされてしまう。

それを避けるためにも、シメオンの軍をもっと増員すべきだと、ニコルから意見が出た。

その件に関しては、ルチアは何も言えないので、黙って聞く。

ウィリアムも同様ではあるが、必死に耳を傾けている姿が微笑ましかった。

こうして見ると、やっぱりジュストとは全然違って、当初よく似ていると思っていたことが不思議に思えてくる。

次に北部地域への備蓄量確認と各村里への補充などが順調にいっていることをエルマンが報告し、ジュストがそのまま北部地域全体にいきわたるまで続けるようにと指示を出した。

「続いて、アーキレイ伯爵の転封後の各諸侯の動きですが、ニコルお願いします」

「了解で〜す。それでは、発表します！」

「ニコル、真面目にしてください」

「え〜。今日はウィリアムの緊張を解そうと、明るく元気に楽しくしようと思ったのに〜」

エルマンに話を振られて、ニコルは元気よく手を挙げた。

前回の会議でルチアが手を挙げたからかもしれないが、エルマンに注意されて不服そうにぼやく。

それでも実際、ウィリアムの緊張はかなり解れてきたようだった。

「とりあえず今は特に馬鹿なことをしようとしてる諸侯はいません。でも、領地転換が噂になっているのか、みんな今のうちにお宝はしまい込んでいるみたいです。で、余剰備蓄に関しての調査もあらかた終わりまして、案の定アーキレイ伯爵と仲のよかった諸侯たちはたっぷり持ってました。なので、もし大寒波がきても、どうにかなりそうです。ま、一食くらいは抜くことになるかもしれませんけど」

「ニコル、ご苦労だった。おかげで我々の懸案事項はウタナ王国の動きに絞れそうだ」

ニコルの報告にジュストは礼を言い、一番の本題に触れる。

ルチアは各諸侯の動きと余剰備蓄について知ることができ、大きく安堵していた。

国内情勢はしばらく後回しにできる。

それならジュストの言うとおり、ウタナ王国に集中することができるのだ。

エルマンはジュストの言葉に頷き、また新たな報告書を手に取った。

「ケーリオ辺境伯からも報告書が届いております。ここ最近、国境付近のウタナ王国軍の兵はさらに増え、関の監視人員も辺境伯側の五倍は配置されているそうです」

「五倍⁉　そんな、攻め込まれたとして、大丈夫なのですか？」

エルマンが報告書を読み上げると、ウィリアムは驚きの声をあげた。

すると、ニコルが笑顔で答える。

「ウィリアム、まだ兵の数が五倍って決まったわけじゃないよ。単に関に配置している人数ってだけで、全体がそこまで増えているかはわからないんだから。それに、こっちも本当はもっといるけど配置していないだけかもよ？」

「そうなんですか？」

「それは軍事機密だから、ウィリアムも早くわかるようになれればいいね」

ニコルの説明は優しかったが、最後の言葉は厳しかった。

ウィリアムはしゅんとしたものの、すぐに立ち直る。

「大して時間はかかりません」

「楽しみにしてるね」

軽くあしらっているが、ニコルが本当に楽しみにしているのは伝わってきた。

ウィリアムが学び成長すれば、ジュストの負担も減る。

ルチアも楽しみにしながら、初めて発言するために手を挙げた。

「よろしいでしょうか？」

「ああ。もちろん」

「ケーリオ辺境伯の領土は、ウタナ王国側よりも高い位置にあるようですから、もしウタナ王国軍が攻め込むにしても、坂を上る形になりますよね？　私は軍事に関してはさっぱりわかりませんが、下から上になどといった不利な立場で戦を仕掛けるものなのでしょうか？　仕掛けるにしても、何倍の兵士が必要になると思いますか？」

ルチアの質問に、ジュストもニコルもエルマンも驚いているようだった。

軍事はわからないと言いながら、国境の地形を把握し、戦のセオリーを理解しているのだ。

「過去、何度かウタナ王国軍が攻め込んできたことはあったが、ケーリオ辺境伯軍は三分の一の兵力で退けている」

ルチアの質問には、ジュストが答えてくれた。

だが、その返答にウィリアムが問いかける。

「それでは、五倍だと退けられないかもしれないということですね？」

「それはやってみなければわからないな」

「そんな……」

「ウィリアム、心配はいらないよ。シメオンの父さんはめっちゃくちゃ強いから」

「それは知っています。めっちゃくちゃ怖いですしね」

ジュストが肩をすくめると、ウィリアムは弱気になったようだ。

そこでニコルが明るく励ますと、ウィリアムも笑う。

ほっこりしているところを申し訳ないなと思いつつ、ルチアは再び口を開いた。

「私が把握しているオドラン王国軍の戦力ですと、シメオンが負けるとは思えません。オドラン側は実戦経験もなく、正直なところ平和ボケしていましたからね」

「ルチア様、辛辣ですね」

「王宮でニコルも見たでしょう？」

「まあ、確かに」

ルチアが知る事実を述べると、ニコルが楽しそうに突っ込む。

しかし、ジュストたちと王宮に乗り込んできた時に、精鋭部隊のはずの騎士たちを見ているのだから、反論はしないようだった。

「ですが、そこにウタナ王国軍が加わったらどうなるでしょうか？　ケーリオ辺境伯側の国境に駐屯するウタナ王国軍はあくまでも防衛のためだとしたら？」

ルチアの疑問に、ジュストたちははっと息をのんだ。

おそらく、辺境伯領の国境にウタナ王国軍が増員されていることで、侵攻されるとしてもオドラン王国軍と時を合わせて二カ所を同時に突いてくると考えていたのだろう。

防衛側は兵力を分断しなければならず、侵攻する二国軍は協力しなくていいなら合同訓練は必要ない。

さらに、いくら同盟国といえど、他国軍を自国に引き入れるのはリスクが高いからだ。

「正直なところ、この件にジョバンニ殿下が関わっているなら、ウタナ王国軍はおそらくオドラン王国側から侵攻してくると思います。ジョバンニ殿下は単純に、自分たちだけで戦うのは怖いからという理由だと思いますが」

「やっぱり、辛辣ですね」

「王宮でニコルも見たでしょう？」

「確かに」

ルチアの見解に、ニコルが再び突っ込む。

そこでルチアも同じ言葉で返した。

すると、今まで黙って聞いていたジュストが口を開く。

「ルチアの言うことももっともだが、それではあまりにウタナ王国側に利がなさすぎる。今のところ、ケーリオ辺境伯領の防衛線はかなり堅固だ。オドラン王国側からの攻撃に我々が力を注いだとしても、辺境伯領を脅かすことはできない」

「はい。ウタナ王国側もただ義憤にかられてオドラン王国に協力しようとしているとは思えません。やはり何かしらの利があるのでしょう。もしそれが、同盟の条件だとしたらどうでしょうか？」

「条件？　オドラン王国が同盟に際して何かしらの利益供与を約束しているということか？」

ジュストの言葉にルチアは頷き、ここ最近考えていたことを述べた。

その内容に、ジュストもエルマンもニコルも興味を持ったようだ。

今までは二国間の同盟は、バランド王国からの脅威に対抗するためとの考えが大きかった。

また国交再開することによって、両国間を繋ぐ街道整備などできれば経済も活発化する。

だが、これほど早く同盟締結に向けて動いているなら、何か他にもあると思ったのだ。

「以前、ジュスト様にお伝えしたように、ウタナ王国はオドラン王国に国境線の不備を訴えてきておりました」

「まさかそれを認めてしまうなんてことは……領土を明け渡すつもりなのですか？」

「普通に考えれば、あり得ないことだと思います。その国境線を認めてしまえば、オドラン王国側は毎年かなりの収穫量を誇る土地を手放すことになるのですから」

「あー、でもやりそうだよね。あの王太子なら」

エルマンは信じられないといった様子だったが、ジョバンニに直接会ったことのあるニコルは納得している。

ジュストもまた何も言えず眉間を揉んでいた。

その様子を見ていたウィリアムが思わずといった調子で言う。

「確かに、オドランの王太子の噂はあまりいいものではなかったけど……そこまで馬鹿なの？」

その問いに、ルチアは困ったように微笑んだだけだった。

「もし、シメオンたちの防衛線が破られれば、そのままオドラン王国軍があの国境の土地を占拠されるかもしれないからな。ルチアの言う土地の代わりにはなる」

ルチアに代わって、ウィリアムの問いにはジュストが答えた。

ジュストはルチアの推測を聞いて、すぐにその考えに至ったようだ。

先ほどのエルマンの報告からも、来期はかなり収穫量の増加が見込める。

これからしっかり手を入れていけばさらに伸びるだろうことは、ルチアもこの国へやって来た時にわかったのだから。

ジョバンニはそこまで考えていないだろうが、同盟を後押ししている政務官たちはそれを見越しているのだろう。

「ですが、それはシメオンたちバランド王国軍が敗れた場合ですよね？　そんな確証のない土地を得る前提で、自国領土を明け渡す条件の同盟を結ぶなんてあり得ますか？」

ウィリアムの疑問は当然のものだった。

普通なら、そんな不確定要素がある条件など出すわけがない。

しかし、残念ながらジョバンニは普通ではないのだ。

「国王陛下は何をなさっているのかしら……」

ルチアも自分で皆に推測を伝えながらも、思わずぼやいた。

オドラン王宮内での二大権力者はショーンティ公爵とバロウズ侯爵だった。

それもあの結婚式の騒動で変化がありそうなものだが、何も変わっていないのだとすれば、いくら国王が頑張っても無駄だろう。

「推測とはいえ、可能性がある限りは看過できない問題ですね。やはり同盟締結を阻止できるのが一番よいのですが、何かございますでしょうか？」

エルマンが問いかけると、わずかに沈黙が落ちた。

ルチアが手を挙げようかどうしようかと迷っていると、ジュストがルチアをちらりと見てから口を開いた。

「我々は現状のウタナ王国について知らなさすぎる。そのためにも、まずは話し合うべきだろう」

ジュストの提案は、ルチアが以前意見として述べたものだった。

あれからジュストなりに考慮してくれていたことが、ルチアは嬉しかった。

だがやはり、エルマンもニコルも、ルチアが提案した時のジュストと同じように危険だと考えたらしい。

「会談の場を設けるおつもりですか？　今さらウタナ側が受け入れるとは思えませんが……」

「そうですよ～。何を考えているかわからない相手と話し合うだなんて危ないです。というわけで、僕が行きます！」

ニコルは危険だと言いながら、楽しげに手を挙げた。

すると、すぐにウィリアムも手を挙げる。

「それなら僕が行きます！　ここにいてもお役に立てないのですから！」

「ダメ～！　ウィリアムは王族としてここにいないと。せっかく帰ってきたんだから、ゆっくりしていなよ」

「皆が懸命に働いている時にゆっくりなんてできません。僕はもっとお役に立ちたいんです。そのために帰ってきたんですから！」

「じゃあ、はっきり言うけどウィリアムには経験が足りないんだよね。ただの使者ならともかく、この緊迫した状況では無理かな」

「ですが――！」

ウィリアムの訴えは理解できるが、残念ながらニコルの言う通りなのだ。

それでも食い下がろうとするウィリアムを、ジュストは片手を上げただけで制した。

それだけでジュストは別格なのだと思い知らされる。

「ウタナ王国へは、私が行く」

「はいぃっ⁉」

「ジュスト様！　何をおっしゃっているのですか！」

「反対です！　いくら何でも兄様が行くなんてあり得ません！」

突然の宣言に、エルマンたちは一斉に反対した。

ルチアは驚き唖然として、ジュストを見た。

あの時ルチアが対話を提案したのは、ここまで切迫した状況だとは思っておらず、当然ジュストは使者のリストに入っていなかったからだ。

ジュストを危険な目に遭わせてまで、対話する必要なんてない。

だからといって、ジョバンニの意味のわからない主張に振り回されるわけにもいかない。

「だが、私が行くのが一番効率がよいだろう？　私が出れば向こうも話し合いの席に着かざるを得ない。その場で即断でき、下手に手を出せば戦は避けられない。最悪の事態になっても、お前たちがいればこの国は大丈夫だ」

「大丈夫じゃないですよ！　それなら僕に権限をくだされば、即決即断できます！」

「ニコルの即決即断は戦になりかねませんから、私が参ります」

「僕だって、身分だけなら相手を納得させられます！　先にしっかり打ち合わせをしておけば大丈夫です！」

なおも自分が行くと主張するジュストに、三人は反論していた。

しかし、ジュストは引きそうになく、ルチアが発言する機会もなくニコルが訴える。

「じゃあ、奥方はどうされるんです⁉　もし、もしもですけど！　万が一のことがあったら、奥方を悲しませるおつもりですか⁉」

その言葉にルチアは息をのんだ。

考えたくないし、そんなことは絶対にさせない。

そう固く誓うルチアをジュストはまっすぐに見つめて静かに告げる。

「その場合は、ウィリアムがいる」

「はい？」

「へ？」

「僕？」

ジュストの発言の意味がわからず、皆が間の抜けた声を漏らした。

ルチアもまた、今まで生きてきたなかで一番意味不明の言葉がジュストから発せられ、ぽかんと口を開けてしまった。

「ルチアとウィリアムはこの短期間で親しくなれたようだ。年が近いから気も合うのだろう。それなら私に何かあった場合、ふたりが一緒になってくれれば、私も安心できる」

「ジュスト兄様、馬鹿なことをおっしゃらないでください。私とルチア様は兄様がいらっしゃるからこそ、親しくなれたのです」

あまりにも酷いジュストの言葉が信じられなくて、ルチアはしばらく硬直してしまっていた。

その間にも進められるジュストとウィリアムのやり取りに、ルチアはプチンと何かが切れた。というか、キレた。

「ウィリアム、お前にはまだ経験が少ないが、そんなものはこれからいくらでも積める。それにこの国を治めるにも、お前のほうが――」

ルチアはバンッと机を両手で叩くと同時に立ち上がった。

その体は怒りに震えていたが、顔には満面の笑みが浮かんでいる。

「私、実家に――オドラン王国に帰らせていただきます」

「はい？」

「へ？」

「ルチア様？」

今度はルチアの発言の意味がわからなかったのか、皆が間の抜けた声を漏らした。

その中で、ジュストが慌てて立ち上がる。

「ルチア、帰るなどと――」

「それが一番の解決策ですよね？　あのバカ王太子は私が攫われたとかどうとかと大嘘を喚い

ているのですから。私が帰れば、ひとまず侵攻の大義名分はなくなります。後はオドランとウタナが同盟しようがどうしようが、ジュスト様がウタナと話し合おうがどうしようが、お好きにすればよろしいのではないですか？　では、帰国の準備がありますので、失礼いたします」

そう言ってルチアが部屋を出ようとすると、ジュストがすぐにその腕を掴んで引き止めた。

「待ってくれ、ルチア。そうじゃないんだ」

「じゃあ、どういうおつもりですか？」

振り向いたルチアの目には涙が滲んでいた。

泣くまいとするのに、どうしても我慢できそうにない。

「ルチアには幸せになってほしいんだ」

「私の幸せは私が決めます」

はっきり言い切ったルチアはジュストの手を振りほどいた。

ジュストはもう一度手を伸ばそうとはせず、ルチアを見つめるだけ。

「私があの時ジュスト様の手を取ったのは、それが私の幸せだったからです」

ルチアがそう言い残して出ていこうと扉に手を伸ばした時、ジュストが再び腕を掴んだ。

「ルチア……」

ルチアは掴まれた腕を見下ろした。

引き止めるなら、簡単に離さないでほしい。

そんなことさえ口にできず沈黙が落ちる。

その時、珍しく遠慮がちなニコルの声があがった。

「あの～、お取り込み中すみませんが、僕たち席を外したほうがよさそうなので、そこを空けていただけるとありがたいんですけど～」

ルチアがはっとして顔を上げれば、申し訳なさそうに微笑むニコルとエルマン、そしてウィリアムがいた。

怒りと悲しみですっかり忘れてしまっていたが、今は会議中だったのだ。

「すみませ――っ⁉」

謝罪しようとしたルチアを、ジュストが抱き寄せて遮る。

驚くルチアを隠すように抱きしめたまま、ジュストはニコルに答えた。

「悪いな」

いつの間にかルチアたちは扉から少し離れた位置に移動している。

苦しくはないのにジュストにしっかり抱きしめられていて、逃れられそうにないまま、扉が開く音を聞いた。

「いえいえ、また落ち着かれたらお呼びください。あと、僕は奥方派ですからね」

「私も折り合いがつかないようでしたら、奥様にご協力いたします」

「さすがに兄様が悪いですね」

ニコルたちが出ていきながら言い残していく言葉は心強い。

ジュスト大好きの三人、特にエルマンとニコルのふたりの言葉は嬉しかった。

だが、扉が閉まる音がすると、途端にふたりきりになったことで気まずくなる。

「……あの――」

「すまなかった」

何か言おうとしたルチアだったが、それよりも早くジュストが謝罪する。

ルチアもおとなげなかったなと反省したが、謝ることはしなかった。

さすがに今回ばかりはルチアは悪くない。悪かったと思うのは、皆の前で怒りを爆発させたことだ。

「……ジュスト様は、私と離縁されたいのですか？」

「違う。そうじゃない」

「では……どういうおつもりであんなことを……」

勇気を出してルチアがはっきり訊ねると、ジュストは否定してくれる。

大きく安堵しつつ、ルチアは改めて質問した。

冷静さを装ってはいるが、本当はかなり傷ついているのだ。

「……嫉妬していたんだ」

「嫉妬？　まさかウィリアムにですか？」

「ああ。ルチアは初めてウィリアムを見た時から惹かれているように思えた。庭の散策をウィリアムとしている時も楽しそうで、一昨日は昼食を一緒にしたいと頼んできた。そして、昨日ふたり並んだ姿を見て、改めてよく似合っていると……私のような武骨者よりも、洗練されたウィリアムのほうがルチアには相応しいと思えたんだ」

ジュストの言い訳に、ルチアは目を丸くした。

思わず腕の中から離れ、本気なのかとジュストの顔を見る。

「……私の気持ちは？　お似合いというだけで、相応しくないというだけで、私の気持ちを無視されたのですか？」

「すまない。そんなつもりはなかったが、結果的にはそうなる」

「酷いです」

「ああ」

「最悪です」

「その通りだ」

「でも、好きなんです」

「私も好きだ。……愛している」

ジュストを責めるつもりだったのに、素直に認められては怒りもしぼんでいく。

代わりに愛おしい気持ちがふくらんできて、ルチアはジュストに抱きついた。

ジュストも愛の言葉とともに、抱き返してくれる。

「……今度のことは、私が国へ帰れば一番簡単に解決できることだと思いました」

「ルチア――」

「でも！　誰もそのことを言い出さないし、私も言い出せませんでした」

ルチアが昨日からずっと考えていた、そもそもジョバンニの噂を聞いた時から心の片隅にあった思いを打ち明けると、ジュストはあり得ないという顔で否定しようとした。

それを急ぎ遮り、ルチアは続けた。

「当然だ。ルチアはもう皆にとって、この国にいなくてはならない存在だ」

「……ありがとうございます。でも、だからこそ、私が使者としてウタナ王国に向かいます」

「ダメだ」

「わかってます」

「そうか……」

ルチアの訴えをジュストはすぐに退けた。

それはもう予想できていたので素直に応じると、ジュストはほっと息を吐く。

ジュストの腕の中だと、その呼吸音も少し早い鼓動も聞こえてきて、ルチアはこれが幸せなのだと感じた。

「私はジュスト様と離れたくありません」

「ああ。私も離れたくはない」

ルチアが気持ちを吐露すると、ジュストは答えてくれたが、その言い方に引っかかる。

それでもかまわず、ルチアは顔を上げてにっこり笑った。

「だから、一緒に行きましょう」

「一緒に……？」

「はい。ふたりでウタナ王国に、国王にお会いしましょう」

＊　＊　＊

ジュストに呼び戻されてエルマンとニコル、ウィリアムが執務室へと戻ってきた時、ルチアはすっかり平常心を取り戻していた。

泣いた跡はかすかにあるが、それも注意して見ればかろうじてわかる程度だ。

しかし、ウィリアムはルチアをかなり心配しているようだった。

「大丈夫ですか？」

「はい。お騒がせしました。おかげさまでしっかりと話し合うことができました」

「うんうん。犬も食わないやつね」

ウィリアムの問いかけにルチアが明るく答えると、ニコルがからかうように言う。

ジュストは黙ってそのやり取りを聞いていたが、皆が着席すると、エルマンへ始めるように目で合図を送った。

「では、休憩も挟んだことですし、先ほどの議題を続けます」

「休憩だったんだ」

エルマンの言葉に、ニコルが噴き出す。

笑えるくらいには、場の空気は明るくなっていた。

「ウタナ王国側との話し合いについてですが、本当になされますか？　それとも、国防を強化いたしますか？　私といたしましては、危険を冒して使者を立てるよりも、ケーリオ辺境伯もお招きして国防強化について話し合ったほうがよいかと思います」

「シメオンも呼ばなくちゃ」

エルマンも休憩の間にニコルたちと話し合っていたのか、意見を口にした。

そこに、ウィリアムが発言する。

「僕がフルトン公国に滞在していた間、少し気になった噂を耳にしたことを思い出しました。オドラン国王が息子のできの悪さに憤慨して、ショックのあまり倒れたらしい、と」

「え……？　国王陛下が？」

「はい。ですが皆、そりゃそうだって納得して笑い、その噂はあっという間に消えてしまいました。ですが、最近のオドラン王国の動きを見ていると、あの噂は本当で、国王は未だに床に臥していているんじゃないかと思えます」

「それは確かに……。でも、それほどの重大事なら、もっと噂になっていそうですし、カルロも教えてくれたはずですが……」

ここにきて初めての情報に、ルチアは眉を寄せて考えた。

このたびの同盟の話はあまりに性急すぎるとは思っていたが、オドラン国王が床に伏しているのなら止める者がいないのだからわからないでもない。

ただ情報通のカルロが知らないわけがなかった。

「すみません。今まで忘れていて、お知らせが遅くなりました」

「いえ、それは気になさらないでください。ジュスト様はお聞きになってはいませんか？」

「私も知らなかったな」

ジュストも知らなかったとなると、やはり噂として流れたものの、すぐに隠された情報なのだろう。

ルチアははっとして、エルマンに声をかけた。

「今すぐカルロを呼び戻してください」

「かしこまりました」

エルマンは理由を訊ねることなく了承すると、立ち上がった。

そして執務室から出ていく。

「え？　どういうこと？」

ニコルがわけがわからないといった調子でルチアに問いかける。

「おそらく、オドラン国王陛下が病なのは事実だと思います。ですが、オドラン側はそれを隠したい。カルロが教えてくれなかったのは、商会の不利益になるからです」

「カルロはルチア様と親しくされてましたよね？　それで僕もここまで送ってくれたんですよ？」

ルチアが答えると、今度はウィリアムが納得いかないとばかりに訴えた。

フルトン公国からこの地までの旅を一緒にしたのなら、情も移っているだろう。

「ええ。それはカルロたちメント商会に利益になったからです。彼らは商人ですから、まず優先すべきは利益です。ウィリアムに恩を売るのも、将来を見越してのことだと思います」

淡々とルチアはカルロたちについて話した。

ルチアもカルロとの付き合いは数年あり、友情を感じていたのだ。

裏切りだとまでは思わないが、やはり少し寂しい。

「では、今回のことは――オドラン王国とウタナ王国との同盟締結のほうが、メント商会の利益になると考えたわけだ。武器を売っているのなら、戦も歓迎だろうな」

「……そこまで悪意があるとは思いたくありません。武器は求められたから応じただけだと信じたいです」

ルチアはジュストに答えながらも、矛盾していることを言っているとわかっていた。

だがさすがに、カルロが『死の商人』だとは思いたくなかったのだ。

「今、遣いをやりましたので、しばらくすればカルロは登城してくるでしょうから、それまでに話を進めましょう」

エルマンは執務室に戻ってくると、何事もなかったように話を続ける。

ルチアは気を取り直し、昨日気づいたことを相談することにした。

「あの、ウタナ王国との対話についてですが、ウタナ王国とオドラン王国の同盟の目的がわかりませんし、条件もわかりませんので、簡単に口出しできることではないと思います。その前にまず、このバランド王国とウタナ王国が同盟締結できないか協議してみてはいかがでしょうか」

「ウタナ王国と同盟？」

「はい。将来的には三国同盟を結び、災害などに際して互助関係を構築できればいいのですが、今のオドラン王国とは難しいかと思います。ですから、せめてウタナ王国と同盟関係にあれば、ウタナ側からの侵攻の警戒は必要なくなります」

「ん～でも、ウタナ国王がちゃんと約束を守るかなあ？」

ルチアの提案に、エルマンは眉間にしわを寄せて考え込み、ニコルは不信感をあらわにした。

ジュストには先ほど伝えたばかりなので、皆の反応を見守っているようだ。

そこに、ウィリアムが手を挙げて疑問を口にする。

「同盟の条件は何にするつもりですか？　もし本当にオドラン王国が領土の一部を譲り渡すつもりなら、ウタナ王国側としては当然オドランを優先させますよね？」

「こちら側としては、同盟の一番の目的は不可侵条約を結ぶことです。たとえオドランとウタナ間で攻守同盟が結ばれていても、大義のないオドランの侵略戦争にウタナが参戦するとは思えません」

「はいはーい！　僕たちの目的は不可侵だとして、ウタナ側にはどんな条件を提示するつもりですか？　領土以上の魅力的な条件があるんですか？」

ルチアがウィリアムに答えると、今度はニコルが元気よく手を挙げて質問した。

すっかり挙手が会議での発言の定番になってしまっている。

笑える状況ではないのだが、何だかおかしくなって、ルチアは微笑んだ。

そんなルチアをジュストは愛おしげに、それでいて自慢げに見ていた。

「このバランド王国からウタナ王国へ提示する条件は、治水工事です」

「治水工事？」

「はい。ウタナ王国の風土記などを読んで知ったことですが、ケーリオ辺境伯領に接するウタナ側の土地では過去に何度も川が氾濫しています。その川の始点は地図で確認したところ、ケーリオ辺境伯領から始まっています。ウタナの先々代国王が何度も侵攻を試みた時期ですが、どうやら川の上流――ケーリオ辺境伯領の丘陵地や山脈で大雨が頻発していたようで、ウタナ側で何度も川の氾濫が起こったのだと思います。それで先々代国王は川の氾濫をこのバランド王国の仕業だと考えたのではないでしょうか？」

「え？　ただの濡れ衣ってか、僕たち関係ないじゃん。シメオンの父さん――ケーリオ辺境伯はとっくに治水工事を終えてるのに」

「そうですね。正直なところ、ウタナ側の怠慢だとは思います。ですが、その知識、技術がないのなら、こちら側から提供すればいいのではないでしょうか？」

「何だか腑に落ちないけど、それで争いがなくなるならいいのかなあ～？　少なくとも工事が終わるまでは侵攻もしてこないだろうし？」

ルチアの説明に、ニコルは微妙ながら納得したようだった。

すると、そこまで黙って聞いていたエルマンが眉間にしわを寄せたまま手を挙げた。

「はい、エルマンどうぞ！」

エルマンまで挙手したことで、ルチアもジュストも噴き出しそうになってしまった。

しかもニコルが仕切って、エルマンを指名する。

エルマンは挙手してしまったことを後悔しているのか、手を下ろして気まずそうにしながら発言した。

「奥様のご意見はかなり良案だと思います。近年はウタナ王国に国境を脅かされることもなく、国内に気を取られていたため、注視することもありませんでしたので、ウタナ王国での川の氾濫には気づきませんでした。もしウタナ王国と同盟締結――不可侵条約の締結を為すことができれば、今後の両国間の憂いをなくすこともできます」

「くどいよ、エルマン。で、本題は？」

エルマンはルチアの意見を全面的に肯定した。ように思えたが、ニコルが急かしたように、本題は別にあるのだろう。

エルマンが咳払いをし、ルチアは緊張して待った。

「先ほど奥様がおっしゃったこと――オドラン王国に大義がないとは、奥様はやはり帰国されるということですか？」

予想外にも、エルマンはルチアがまだ実家に帰るつもりなのかと心配しているようだった。

その質問にニコルもウィリアムもはっと気づいてルチアを窺《うかが》う。

三人の気持ちが嬉しくて、心配をかけたことが申し訳なくて、ルチアは泣き笑いの表情になりながらも、首を振って否定した。

「いいえ。私はオドラン王国には帰りません」

「それじゃあ……」

「ですが、使者としてウタナ王国へ参りたいと思います」

ルチアの意思表明に三人は驚き、ぱっとジュストを見た。

ジュストはそんな三人に向け、にやりと笑う。

「私もルチアと一緒にウタナ王国へ行くので、心配は無用だ」

ジュストのとんでも発言に三人は愕然とし、ニコルでさえ言葉を失ったようだった。

「――い、いやいやいや！　無理無理無理！　ジュスト様、何を無茶言ってるんです⁉」

ようやく声を取り戻したらしいニコルが叫ぶように言うと、エルマンもウィリアムも一緒に反対する。

「そうですよ、ジュスト様。さすがに正気とは思えません。反対です」

「国王夫妻が敵国に訪問するとか、危険すぎます！」

「先ほど話し合って決めたんだ。私たちは離れたりしないと」

三人に強固に反対されても、ジュストは呑気に答えた。

「え？　ラブラブすぎて反対が難しいかも」

「難しくなんてありませんよ。ラブラブはけっこうですが、それは国内だけにしてください」

途端にニコルは面白がって茶化す。

そんなニコルを睨《にら》みつけながらエルマンはなおも反対するが、その内容は微妙である。

「だが、ウタナ国王たちの前でラブラブを見せつけないと、オドラン側の主張が嘘だと暴けないだろう？」

「そういう問題ではありません」

「そんなに心配はいらないと思います。カルロだって、ウタナ国王は穏健派だと言っていましたから」

「つい先ほど、カルロは信用ならないとわかったところではないですか」

ジュストまでラブラブ発言しつつ説得を試みるが、エルマンはなかなか引かない。

そこでルチアも安心材料として提示したカルロの発言で、墓穴を掘ってしまった。

「信用できないのではなく、利益を優先しているので、秘密もあるというだけのことだと思います」

「同じことでしょう?」

エルマンをどう納得させようかとジュストとルチアが顔を見合わせた時、カルロ到着の知らせが入った。

思いのほか早い到着に驚きつつ、ルチアとジュストたちは面会のための部屋へ向かう。

部屋にはカルロひとりが立ったまま待っていた。

「急に呼び出してすまないな、カルロ」

「めっそうもございません。御用がございましたら、私たちはいつでも参る所存でございます」

ジュストが声をかけると、カルロは頭を下げたまま答えた。

それを聞いて、ジュストは不信感を滲ませ目を細める。

先ほどまで不満をあらわにしていたエルマンは無表情になって、やり取りを見ていた。

ニコルは楽しげに、ウィリアムは心配そうにしている。

「カルロ、今回はあなたに訊きたいことがあって来てもらったの。オドラン国王陛下が病に臥せっているというのは本当なの？」

「…………」

ルチアは挨拶もなしに、いきなりカルロに問いかけた。

今までにないルチアの態度だが、カルロは驚いた様子もなく沈黙する。

「カルロ、あなたが商会の利益を最優先することは理解しているわ。だから、責めるつもりはないの。私の質問に答えたら不利益になるのね？」

「いいえ、そうではございません」

ようやく答えたカルロは、ゆっくりと頭を上げた。

しかし、ルチアと目を合わせることはなく、顔を伏せたまま。

「では、どういうこと？」

「……オドラン王国とウタナ王国との同盟締結に際し、どのようにご対応なさるか、お決まりになったのでしょうか？」

「なぜそれをお前に教えなければならない？」

ルチアの質問にカルロは問い返したが、それをエルマンがさらに問い返す。

だが、ルチアはそこでようやく気づいた。

「ひょっとして、今まで私に話してくれなかったのは、私を心配してくれていたからなのね？　でも、それならもう大丈夫よ」

「……ウィリアム様から噂として、ルチア様のお耳に入ることは覚悟しておりました。ですが、私から申し上げれば、噂ではなく真実になってしまいます。ですから、今まで沈黙しておりましたこと、お許しください」

そう言って再び深々とカルロは頭を下げた。

それが答えだと語っている。

ところが、カルロが口にしたのは予想以上の内容だった。

「オドラン国王陛下は病ではなく、軟禁されているようでございます」

「まさか……」

さすがにジュストも驚き、エルマンたちも反応に困っているようだ。

確かにオドラン国王軟禁が事実なら、ルチアは何とかしなければと焦っただろう。

しかし、バランド王国としての対応を決めた今なら、安易に動いたりはしない。

ルチアは一度大きく息を吐き出して、カルロに再び問いかけた。

「首謀者は王太子殿下ですか？」

「はい」

「では、ショーンティ公爵も関与しているのですね？」

「はい」

「バロウズ侯爵は？」

「お二方が殿下に協力したようでございます」

「それは嘘ね。きっとふたりが殿下を唆したのでしょう？」

「……はい」

ルチアとカルロの問答を、ジュストたちは黙って聞いていた。

それでもジュストはルチアを心配しているらしく、テーブルの下でそっと手を握ってくれる。

ルチアはその温かな手に勇気づけられ、カルロに笑顔を向けることができた。

「教えてくれてありがとう、カルロ。それに心配してくれてありがとう」

カルロにお礼を言ったルチアは、ジュストの手をこっそり握り返し、さらに続けた。

「カルロ、あなたにはずっとお世話になってばかりだわ。それなのにまたひとつ、無理なお願いを聞いてほしいの」

「……私でできることでしたら、何なりとおっしゃってください」

「ジュスト様と私を、ウタナ国王と会談できるよう取り計らってほしいの」

ルチアの要望にはさすがのカルロも驚いたようだ。

はっと上げた顔には驚愕の色が浮かんでいる。

ルチアは悪戯が成功したように笑い、ジュストを見た。

応えてジュストも口を開く。

「私からも頼む、カルロ」

「し、しかし……いったいどちらで……」

「ウタナ国王が望むなら、城まで出向いてもかまわない」

国王夫妻自ら敵陣に乗り込むようなもので、カルロは信じられないかのようにエルマンやニコルへ視線を向けた。

だが、エルマンは諦めたようにしており、ニコルは面白がっているだけ。

どうやら本気らしいと悟って、カルロは疲れたように目をこすった。

「……できる限り善処します」

「ええ、お願いね」

カルロの返答に、ルチアは明るく念押しする。

こうして、前代未聞の会談――一介の商人の仲介によるバランド王国国王夫妻とウタナ国王との会談が行われることになったのだった。

第八章

さすがと言うべきか、世界屈指の商人であるカルロは、ウタナ国王との会談を取りつけることに成功した。

ただし、条件がいくつかあった。

ひとつ目は場所の指定。これはウタナ王城へでも出向くつもりであったので問題はなかったのだが、指定場所には驚いた。

ケーリオ辺境伯領からウタナ王国側の境を少し越えた場所にある監視塔の一室だったのだ。

ふたつ目は日時の指定。

カルロに依頼してから事は迅速に進んだらしく、あの会議の日から十一日目に当たる日の正午と決まった。

三つ目は護衛の人数。

護衛は四人と決められ、目立たないように商人に扮するようにと指示があった。

しかもそれは、ルチアとジュストの国王夫妻にも当てはめられたのだ。

そして最後の四つ目は、エルマンもニコルもウィリアムにまで反対された。

今回の会談については、誰にも知らせてはならない、といったものなのだから当然だろう。

エルマンには怪しすぎると反対され、ニコルには自分が護衛として同行するとごねられ、ウィリアムはやはり自分が行くと言って聞かなかった。

だが最終的にはジュストが厳しく言い含め、決行されることになったのだった。


「――ルチア、大丈夫か？」

「はい。平気です」

簡素な馬車で峠を越え、いよいよウタナ王国へ入るという時、もう何度目ともなる問いかけをジュストは口にした。

そのたびにルチアは大丈夫だと答えるのだが、ジュストの心配は尽きないらしい。

確かに普段乗っている馬車より揺れが激しくはあるが、外観と違って中にはたくさんのクッションを詰め込んでいるのでそこまで大変ではなかった。

それでも、ジュストの心遣いが嬉しくて、ルチアは微笑んだ。

車内にはルチアとジュストだけでなく、カルロとマノンもいるのだが、ふたりは壁になりきっているのではないかというくらい存在感を消していた。

「もうすぐ監視塔ですよ」

カルロが窓の外を見て、声をかけてくれる。

ルチアが窓から覗くと、森の中に大きな塔がそびえているのが見えた。

「バランド王国のものより立派ですね」

「こちらのほうが低地にありますから」

「なるほど」

高い場所から見下ろすのと、低い場所から見上げるのでは、かなり違うはずだ。

それでいてよく攻め込もうと思えるなと、ルチアはバランド王国側を振り返って見ながら考えた。

すぐに馬車は大きく揺れて止まる。

ルチアがジュストの手を借りて馬車を降りると、護衛たちが警戒しているのが見てとれた。

商人の護衛ということになっているので、あのままでいいのだろう。

ジュストも微笑んではいるが、握ってくれる手から緊張が感じ取れた。

もしこれが罠だったら――。

ルチアも何度も考えたが、仲介してくれたカルロとウタナ国王を信じるしかなかった。

塔の中は薄暗く、少々かび臭い。

かすかに不安を感じないではなかったが、やはりジュストが傍にいてくれるので心強く、堂々としていられた。

「――やあ、ようこそ。わざわざご足労をおかけして申し訳ない」

塔に入ってすぐにある目の前の扉が開かれた瞬間、男性の声が聞こえてルチアは思わず身構えた。

歓迎している明るい声ではあるのだが、どこか裏が感じられる。

それはジュストも感じたのか、ルチアを庇うように背へと隠す。

「こちらこそ、商談に応じてくださり、感謝しております」

どちらも名乗らず、値踏みするように相手を見る。

ルチアもジュストの陰から相手の男性を観察した。

もし男性が本当にウタナ国王なら、年齢はジュストより三歳年上なだけのはずだが、もう少し年上に見える。

「そちらが噂の奥方ですね？」

「ええ。大切な私の妻です」

「は、はじめまして。お会いできて光栄です」

「こちらこそ、お噂はかねがね伺っておりましたから、今日はお会いできるのを楽しみにしていたのですよ」

にっこり微笑むと、男性は一気に印象が若返った。

そのまま男性は手ぶりで座るようにと促し、自分も向かいに腰を下ろす。

「ああ、そうそう。私のことはホークと呼んでください。友人は皆、そう呼びますので」

「私のことはジュストでかまいません」

ウタナ国王の名は違うはずだが、偽名を使うことはよくあるので、そこは引っかかることもなかった。

ただ本物かどうか、である。

未だにルチアもジュストも疑っているのが伝わったのか、ホークはくくっと笑った。

「信用できないのも仕方ないですね。では、どうぞこれを」

ホークは左手中指にはめていた指輪を抜き取ると、いとも簡単にジュストに渡した。

ジュストは片眉を上げたものの、黙って受け取り指輪を眺める。

ルチアも隣から指輪にある紋章を目にして、はっと息をのんだ。

過去に一度だけオドラン王宮で見たことのある、ウタナ国王の印璽だったのだ。

どうやらジュストも見たことがあるらしく、特に何も言わなかったがホークがウタナ国王だと認めたようだった。もちろん印璽だけで国王と認められるわけでも、印璽が本物とも限らないが、疑えばきりがない。

ジュストは肩をすくめ、指輪をホークに返した。

「……私にはまだ弟がいましてね。亡くなった兄によく似ているのですよ」

「それで、表に出ていらっしゃらないのですか？」

「あいつのほうが出しゃばりでして。ですが、いい加減にはっきりさせるつもりです。勝手に商談を進めてもらっては困るのでね」

ホークの言葉に、ルチアは目を丸くした。

ジュストも顔には出さないが驚いているのが伝わってくる。

要するに、今回のオドラン王国との同盟は、王弟が勝手に進めているということなのだ。

ウタナ国王に弟がいることは知っていたが、まさかそのような状況になっているとは思ってもいなかった。

部屋の隅に立ったままのカルロをちらりと見ると、やはり知っていたらしい。

だが、これはウタナ王家の大きな秘密であり、それはさすがにルチアにも話せる内容でなかったことは理解できた。

むしろ、この場を設けてくれたことのほうが驚きである。

（カルロには一生返せないくらいの恩ができてしまったわ……）

ルチアはカルロに微笑んでから、ホークに向き直った。

それから始まった交渉は、時にルチアも意見し、夕刻前にはまとめることが――締結することができた。

「――素敵な奥様ですね。おふたりとも幸せそうで羨ましいですよ」

「ありがとうございます。自慢の妻ですから」

「ジュスト様は私にとっても自慢の夫ですもの」

「おや、惚気られてしまいましたね」

同盟締結の文書を調印し終え、別れ際になってホークがルチアを褒めた。

ジョバンニが流した噂をウタナ国王は嘘だと認めたのだ。

ジュストもルチアもお互いを褒め合うと、ホークが笑う。

「……私にも妻がいるのですよ。今は妊娠中で大事を取って休んでいるのですけどね」

「そうですか。おめでとうございます」

「奥様もお子様もご無事に過ごされることをお祈りしております」

「ありがとうございます。それではまたお会いできるのを楽しみにしております」

ジュストとルチアはそれぞれホークと握手を交わして塔を出た。

今から戻れば暗くなるまでには、ケーリオの宿がある町へと戻れるだろう。

ルチアは馬車に乗り込むと、窓から塔を改めて見た。

とても両国王の会談が行われ、同盟が結ばれた場所とは思えない。

それがまた面白くて、ルチアは微笑んだ。

ウタナ国王に妻がいることが知られていないのは、粗暴な弟から隠すためのようだ。

しかし、もうすぐ生まれる我が子のためにも、弟と決着をつけるのだろう。

おそらく後継者問題もあり、今まで避けてきたとも思えた。

(後継者ね……)

そのことを考えると、少々憂うつになってしまう。

今はまだタイミングが合わないだけなのだとわかってはいるが、やはりもっとジュストと近づきたい。

「ルチア、疲れたのなら少し目を閉じていたほうがいい」

「大丈夫ですよ、ジュスト様」

気持ちが顔に出てしまったのか、ジュストがまた心配してくれる。

こんなに優しい夫を持てて幸運なのに、もっとと願うのは贅沢なのだ。

それに焦らなくてもきっとその時はくる。

（たぶん、だけどね）

ルチアは微笑んで答えると、そっとジュストの手に触れた。

すると、すぐに握り返してくれる。

ルチアが愛の欠片を少しでも示せば、ジュストはすぐにもっと示してくれるのだ。

それだけで十分だと、のんびり気長に待てばいいと自分に言い聞かせ、ルチアは今ある幸せを噛みしめたのだった。

＊　＊　＊

翌日は、ジュストとともに非公式にケーリオ辺境伯の城へ訪問した。

辺境伯とは今回の同盟に際し、前もって内密かつ緊密に連絡を取り合っていたため、城内へもすんなりと通されたが、ルチアは辺境伯との対面を前に緊張していた。

数々のトラブルの原因である自分が、ジュスト最大の後援者である辺境伯に受け入れられるのか心配だったのだ。

ところが、そんな心配はまったく必要ないほどに歓迎され、一泊で発つことを惜しまれたほどだった。

「……辺境伯は、シメオンとお顔はよく似てましたが、性格は全然似てませんでしたね」

「ああ。びっくりするくらい陽気な方だろう？」

ケーリオ辺境伯の城からの帰路で、ルチアが辺境伯の印象を言えば、ジュストも同意した。

帰りの馬車はカルロの手配で外観は簡素だが、かなり乗り心地のいいものに替えてもらっている。

そのカルロは仕事があるからと、昨日すでに別れをすましており、車内にはマノンだけが静かに同乗していた。

「ルチア、帰りの道中なんだが、少しだけ遠回りしてもいいだろうか？」

「はい、もちろん大丈夫です」

ジュストにそう訊ねられた時は、何かの視察にでも行くのだろうかとルチアは思っていた。

目的地はチュノ渓谷にあるトーナル村らしい。

村の名前までは憶えていなかったが、チュノ渓谷はオドラン王国との境界にもなっている山脈の麓《ふもと》近くにあり、酪農が盛んな地域である。

（特産のチーズがすごく美味しかったはず）

ジュストがそれほど急いでいる様子もなかったので、深刻な内容ではないのだろうとルチアは呑気に考えていた。

しかし――。

「ジュスト様、本気ですか……？」

「ダメだろうか？」

「私は……いえ、ジュスト様が一緒に渡ってくださるなら、頑張ります！」

ルチアは吊り橋を前にして、怯む自分を叱咤した。

そんなルチアをマノンは気の毒そうに見ている。

まさかジュストの言っていた遠回りが視察ではなく、ただ吊り橋を渡るためだけだとは思ってもいなかった。

別に高所恐怖症というわけではないが、前世も含めて吊り橋は人生で一度も渡ったことがない。

イメージはできても実際とは違うわけで、ルチアはジュストに手を引かれて一歩踏み出した。

「ゆ、揺れます！」

「そうだな。進めるか？」

「進むんですか⁉」

「渡るには進まなければならないだろう？」

「そうですよね！」

どうにか笑顔を浮かべてみたが、引きつっている自信がある。

ジュストはまったく怖くないようで、笑みも自然だった。

（まさか、以前私が言った吊り橋効果で、渡りたいと思ってるって勘違いされたの⁉　そうじゃないけど、言えないー！）

ジュストはルチアに合わせて、そろりそろりと進んでくれる。

正直に言えば、手を離してもらって一気に走り抜けてしまいたい。

そのほうが恐怖は増すが、時間は短くなる。

だが、ジュストの親切心を無駄にはできず、半ばしがみつくようにしながら、一歩一歩進んだ。そしてようやく渡りきった時には、足ががくがくしていた。

「どうだった？」

「……怖かったです」

「そうか……」

ジュストはなぜかわくわくした様子でルチアに感想を訊いてきたが、答えるとどこかがっかりしたようだった。

恐怖が徐々に薄らいできたルチアは不思議に思い、そこで気づいた。

ジュストはルチアが吊り橋を渡りたいと思って連れてきてくれたわけではなく、本当に吊り橋効果を期待していたのだ。

そう考えるとおかしくなってきて、ルチアは噴き出した。

「ルチア？」

「私、ジュスト様のことが大大大好きでしたけど、もっともっと大大大好きになってしまいました」

こんな可愛いことを考えるなんて、もっと好きにならずにはいられない。

ジュストのことを『悪魔』だと言いだした人の思考が信じられなかった。

「私はもちろんルチアのことが大大大大大好きでは、足りないくらいだ。愛しているよ」

可愛い愛の告白を返してくれたと思ったら、さり気なく特大の愛まで加えられてキスされてしまった。

周りには誰もいないが、向こう岸にはマノンたちがいる。

見られただろうかと恥ずかしがるルチアを、ジュストは愛しげに見つめ、残酷なことを告げた。

「さて、戻ろうか」

「……え？」

来たのだから帰らなければならない。それは常識であり、こちら側に特に用事があったわけではないのだから、馬車が待つ向こう岸に戻らなければいけないのだ。

ルチアはまたジュストにしがみつき、震える足でどうにか戻ることができたのだった。

＊＊＊

ルチアにとって、とんでもない寄り道があったものの、残りは特に問題もなく王都に帰ってくることができた。王都の手前で王家の紋章が入った馬車に乗り換え、ルチアとジュストは皆から喜びの出迎えを受けた。

そして王城に戻った時には、エルマンとニコル、ウィリアムだけでなく、シメオンまでいたのだ。

「おかえりなさい！　ジュスト様、奥方！」

「ご無事でのお戻り、何よりでございました。同盟締結おめでとうございます」

「おかえりなさい」

「おかえりなさい。兄様、ルチア様、本当にご無事で……」

皆がそれぞれ迎えてくれる中で、ウィリアムは感極まったように声を詰まらせた。

そんなウィリアムの肩をジュストが軽くぽんと叩く。

もしジュストに何かあればと、ウィリアムは心配と重圧で苦しかったのだろう。

ルチアがふたりを微笑ましく見ていると、ジュストが振り向いて微笑む。

「ルチア、疲れただろう。今日はもう部屋でゆっくり過ごすといい」

「……ありがとうございます」

疲れているのは確かではあるが、ジュストも同じはずだ。

しかし、ジュストはもうすでにエルマンたちと何やら話し込んでいる。

（やっぱり、もっと役に立てたらいいのにな……）

まだまだ力不足でジュストの助けができないことを残念に思いながら、ルチアはマノンとともに部屋へと向かった。

それからマノン以外の侍女たちが大げさなほどルチアを心配して、至れり尽くせり世話を焼いてくれる。

ルチアはゆっくり湯船につかって、今回の会談について考えていた。――はずなのに、思い出すのは村での吊り橋のこと。

まさか吊り橋効果があのような形で実現するとは思っていなかった。

（さらに恋に落ちたのは私だけだと思うけど……）

吊り橋を怖がっていたのはルチアだけで、ジュストはまったく平気そうだった。

あれはお互いが一緒に困難を乗り越えないと、効果がないのだろう。

ただ、ジュストが吊り橋効果と聞いて、本当に吊り橋に連れていってくれたことが嬉しい。

まだお互いが気持ちを打ち明ける前の、ルチアの何気ないひと言だったのに。

（あー！　もう、好きっ！）

風呂から出て寝支度を整えたルチアは、寝室に入るとベッドに飛び込んだ。

マノンに見られたら、こっぴどく怒られるだろう。

だが、こみ上げてくる好きの感情を発散させるためには必要なことだった。

ルチアはそのままベッドの上でごろごろ転がった。

もちろん今は夕刻前で、寝るには早すぎるが、少しだけでも横になってくださいと、侍女たちに勧められたのだ。

（たぶん私、世界で一番幸せ……）

心配事はまだたくさんある。

国内情勢もオドラン王国の——国王陛下のことも、ウタナ王国の王弟のことも、まだまだ解決していない。

それでもジュストが傍にいてくれる限り、大丈夫だと思えた。

（ジュスト様とはまだだけど……でも……）

もうこのままでもいいのではないかと思えるくらい、ジュストからの愛は伝わってくる。

同じようにルチアも返せているのかと、逆に心配になるくらいだ。

明日からはもっとジュストに愛を伝えよう。

そう考えながら、ルチアはいつの間にか眠りに落ちていったのだった。

＊＊＊

可愛らしく鳴く鳥の声が聞こえ、ルチアはゆっくりと目を開けた。

あたりはまだ薄暗く、ルチアはぼうっとして再び目を閉じる。

そこでふと、頭が覚醒して勢いよく体を起こした。

「……え？」

目が覚めたものの、現状が理解できない。

一瞬、何が起こったのかわからずパニックになりかけて、かなり朝早い時間であることにようやく気づいた。

（ちょっと待って。私……昨日の夕方からずっと寝ていた……？）

起きて確認したいが、まだ使用人も眠っている時間らしい。

ルチアが今動きだしてしまっては、皆に迷惑をかけてしまう。

再びベッドに寝転んだルチアは、ふうっと息を吐いてジュストのことを考えた。

（きっとジュスト様は昨日も遅くまでお仕事されてたんだろうな……）

夕食は特に約束もしていなかったからいいのだが、自分だけ休んでしまっていたことが何となく申し訳ない。

ルチアは以前ジュストが入ってきた扉を見つめた。

今ならこっそり開けてもバレないのではないかと思う。

（ジュスト様の寝顔……って、それは痴女ー！）

寝顔を覗き見するなどもってのほかで、自分の考えにルチアはがっかりした。

今のままでいいと思いながらも、やはりどこかでもっと近づきたい、触れたいと思っているのだ。

そのうち機会はくるとわかってはいても、大丈夫だろうかと不安を感じているのも事実だった。

（やっぱり、いっそのこと私から誘うとか……？）

ルチアは大胆なことを考えてはみたものの、女性は貞淑であるべきとされるこの社会では厳しい。

そうでなくても、ルチアには難しかった。

どうしても前世知識が邪魔をする。

（もっと無邪気でいられたらな……）

そもそも夫が寝室に来ないなどと悩んだりはしないだろう。

ルチアは大きくため息を吐いて、寝返りを打った。

外はずいぶん明るくなってきており、人々が動き始めた気配がする。

今日は一緒に昼食をとれるだろうかと考え、ルチアは眉を寄せた。

ここ最近、王宮で過ごす時の日課にはなっていたが、留守にしていた間の仕事がきっとジュストには溜まっているはずだ。

しかも、会談内容の報告や、これからのオドラン王国への対応など、協議しなければならないことは山積みなのだ。

同盟締結の発表はもう少しすればウタナ王国側からされることになっている。

そうなればさらに忙しくなるだろう。

（うん。無理）

初夜はもう諦めた。考えても仕方ない。そのうちなるようになる。

ルチアは自分にそう言い聞かせ、ベッドから起き出した。

いつもよりは早いが、ひとりでいても悶々と考えてしまうだけなのだ。

その場合、必ず悪いほうへと流されていく。

（どんぶらこ～どんぶらこ）

頭の中では桃が流れていくのだが、現実のルチアはそっと居間への扉を開けて室内を窺った。

すると、マノンはもうすでに待機してくれている。

「おはようございます、ルチア様。ベルでお呼びくだされば、伺いましたのに」

「おはよう、マノン。ちょっと早いから、申し訳なくて」

「またそのようなことを……」

ルチアはいつも使用人を気遣って遠慮するのだ。

マノンとしては優しいルチアが大好きだったが、物足りなくはある。

もっと我が儘を言ってほしいと思いつつも、それがルチアでもあるので、マノンは軽くぼやく程度にしていた。

「ところで、私すごく寝ちゃったんだけど、ジュスト様から何か言われたりとかなかった？」

「ゆっくりお休みになるよう伝えてほしいとございましたが、すでにルチア様はお休みでしたので、今お伝えさせていただきますね」

「そっか……。マノンは休めた？　大丈夫？」

「はい。ありがとうございます」

ジュストの優しい心遣いにほんわり心が温かくなる。

いつだってジュストはルチアを気遣ってくれるのだ。

旅に同行してくれたマノンも顔色がよく、言葉通り休めたようだと安堵した。

そして早めの支度を終えると朝食をとり、ルチアはしばらく留守にしていた間に何か問題が起きていないかと、王城内を皆に挨拶をしながらゆっくりと回った。

皆は国王夫妻がケーリオ辺境伯領へ視察に行ったとしか思っていない。

使用人の多い棟から翼棟へと足を踏み入れた時、後ろから怪しい声がかかった。

正確には声の主はわかるのだが、声のかけ方が怪しい。

「奥方……奥方……」

「――ニコル、そのようなところで何をなさっているのですか？」

「内緒話をしたくて、隠れているんです」

柱の陰から顔だけを出して手招きするニコルは完全に不審人物である。

マノンもニコルでなければ大声で衛兵を呼んだだろう。

隠れるといいながらも本気ではないニコルに、ルチアは笑いながら近づいた。

「今、お時間大丈夫ですか？」

「ええ、大丈夫です」

「では、ちょっとこちらへ……」

ニコルはそう言いながら、すぐ近くにあった扉を開けた。

そこは客間のひとつで、今は誰も使用していない。

ルチアとマノンが部屋に入ると、ニコルは周囲を確認してから静かに扉を閉めた。

「それで、内緒話というのは何でしょう？」

「それなんですけどね……。まあ、まずは座りましょうよ」

ニコルのことは好きだが、ジュストに内緒事はしたくない。

ルチアは席に腰を下ろしながら、向かいに座ったニコルを見た。

ニコルはルチアの気持ちを読んだのかのように、ニコニコしながら言う。

「ジュスト様にとって悪いことはしないですよ。ただね、ちょっと喜ばせたいだけなんです」

「喜んでいただけるのなら、大賛成です」

「じゃあ、結婚式のやり直しをしましょうよ！」

「それは……」

ジュストから一度結婚式のやり直しを提案された時、あっさり断ってしまったのだから今さら受けるのも申し訳ない。

そう思って断ろうとしたルチアにはかまわず、ニコルは続ける。

「結婚式のやり直し兼国王戴冠式兼王妃戴冠式兼同盟締結記念式典兼壮行会！」

「……はい？」

情報量が多すぎる。

ルチアだけでなく部屋の隅で控えているマノンも、わけがわからず首を傾げた。

「あのね、ジュスト様が即位されたのはもう何年も前だけど、戴冠式をしていないんです。当時はそれどころじゃなかったですから。でもちゃんと王冠はあるんですよ？　王妃様のもね」

「そうなんですね……」

「そうそう。でも、ジュスト様のことだから換金しそうじゃないですか？」

「確かに」

初めて知る話をルチアは興味深く聞いていたが、「王冠を換金」のところでは納得しつつも思わず笑ってしまった。

おそらく歴史ある王冠を換金するのは、国力強化のために資金を得ようとしているルチアでもさすがに憚られる。

王冠は未来に受け継がれるべき王家の財産だろう。

「それで今までエルマンもあえて口にはしなかったんです。でも、ジュスト様はご自分のことは関心なくても、奥方のことになると違いますからね。奥方も一緒に戴冠式しようっておっしゃってくださったら、換金せずに戴冠してくださると思います」

「一緒に……」

ニコルはまるで「野球しようぜ」なノリで言っているが、そんなに軽く誘えるものではない。

ルチアは軽く怯んだが、ニコルはまだ続ける。

「本当はね、ジュスト様は最初の結婚式を後悔されてるんです。あの時はアーキレイ伯爵のことや奥方の噂のことがあっておざなりにしてしまったけど、やっぱりもっとちゃんとするべきだったって。特に奥方への冷たい態度は酷かったって。たぶんこのままだと一生後悔されると思うので、どうか結婚式のやり直しをお願いします」

今の話を聞いて、ルチアまで後悔してしまった。

結婚式をやり直そうと言ってくれたジュストに対し、必要ないと簡単に断ってしまったのだ。

「……ジュスト様の優しさを無下にしてしまうなんて、申し訳なかったです」

「それなら、やっぱりやり直しですよ！」

「ですが、資金が……いえ、結婚式に関しては、豪華でなくていいんです。皆が笑顔になれるならそれで」

「うん、わかりました。それじゃその方向で計画を立てましょうよ。あとの同盟締結記念式典と壮行会は、オマケなので」

「オマケですか？」

「はい。式をするための口実に追加しただけですけど、同盟はおめでたいことだからお祝いしたいし、壮行会はオドラン王国との国境警備頑張ろうと治水工事頑張ろうぜってことです」

「それが一番大切じゃありませんか？」

「そうかな？」

「そうです」

「じゃあ、それでいきましょう。とにかく、僕はジュスト様と奥方がラブラブになってくださればそれでいいんですから」

「……ありがとうございます」

何だかんだと言っていたが、ニコルの本心はそこにあるのだ。

ジュストとルチアが幸せになること。

その気持ちが嬉しくて、ルチアはお礼を口にした。――が、付け足す。

「でも、ジュスト様と私は今でもラブラブですからね」

「それは知ってますよ」

ニコニコしながら答えるニコルに、ルチアもニコニコ笑顔になったのだった。

＊　＊　＊

ウタナ王国との同盟締結の発表を控えた前日。

ルチアは初めてこの城に訪れた時と同じ深紅のドレスを着て、礼拝堂で待っていた。

結婚式でなら新郎新婦が一緒に入るのが定番なのだが、それも単なる習慣らしく、調べても特に意味はないようだった。

そこでルチアはジュストを驚かせるために、先に待つことにしたのだ。

礼拝堂にはエルマンやシメオン、ウィリアムだけでなく、マノンなどのオドラン王国からついてきてくれた使用人たちもいる。

ルチアは礼拝堂を彩る花々を見て微笑んだ。

花は城の庭師たちが喜んで用意してくれ、使用人たちと一緒に飾りつけたのだ。

「――いらっしゃいました！」

外を覗いていた誰かの声があがる。

ルチアはピョンと立ち上がり、ジュストが入ってくるのを待った。

「――ニコル、礼拝堂に何があるんだ？」

「大切なものですよ～」

ジュストとニコルの声が聞こえ、両開きの扉が開く。

外から陽光が差し込み、礼拝堂の入口に立つジュストは眩いばかりに輝いて見えた。

「……ルチア？」

「ジュスト様」

目を細めたジュストは、近づくルチアに驚いたように問いかける。

ルチアは微笑みを浮かべてはいたものの、神々しいほどのジュストを前に緊張して手順を忘れてしまった。

ただ本能のままジュストの前で軽く膝を折り、その手を取って祈るような気持ちで碧色の瞳を見上げる。

「ジュスト様、私と結婚してくださり、ありがとうございます。どうかこれから……一生お傍にいさせてください」

「——当然だろう！」

力強い返事に、力強い腕。

ジュストに抱きしめられたルチアは、これ以上ないほどの幸せを噛みしめた。——が、もちろん、今は式典の途中である。

めでたしめでたし、では終わらず、ニコルの楽しげな声がかかった。

「あの〜お取込み中のところ申し訳ありませんが、式を始めてよろしいでしょうか？」

「……式？」

「はい。結婚式のやり直し兼国王戴冠式兼王妃戴冠式兼同盟締結記念式典兼壮行会です」

「何て？」

「ですから、結婚式のやり直し兼国王戴冠式兼王妃戴冠式兼同盟締結記念式典兼壮行会です」

「結婚式のやり直しだけではダメなのか？」

「ダメでーす。ほら、あそこに王冠が用意されてるでしょ？　戴冠式しましょうよ！」

今さらニコルに邪魔されても気にしないジュストだったが、豊富な式典内容には眉間にしわを寄せた。

そしてかなりの簡略化をしようと問いかけるも、当然ニコルに拒否されてしまう。

国王と王妃の冠が置かれた礼拝堂の正面には、祭司も苦笑いしながら立っていた。

「そんなもの――」

「奥方にはきっと似合うと思うな～」

「そうだな。では、しようか」

きらきらと輝く王冠を見たジュストは拒絶しようとして、ニコルがルチアの名前を出すとあっさり了承した。

それには皆が笑う。

ルチアも緊張が解けて、一緒になって笑った。

ただ、すぐに始まった戴冠式では笑ってはいられなかった。祭司から頭に載せられた王妃の冠はずっしりと重く、その責任の重さに怖くなる。

しかし、立ち上がるルチアを支えてくれたジュストを目にしただけで、すぐに恐怖は消え勇気が湧いてくるのだった。

「ルチア、愛しているよ」

「私も愛しています」

それぞれの冠を戴いたジュストとルチアは皆に祝われながら、こっそりと愛を囁き合い、堂々と見つめ合った。

もちろんニコルにはやし立てられ、皆も笑顔でふたりを囲む。

それからは、式典というより祭典だった。

同盟締結記念式典と壮行会はどこにいったのか、場所を城の広間に移して皆で祝う。

ちなみに同盟締結については一部の者しか知らないので当然ではあった。


「――ルチア様、お疲れではないですか？　そろそろ抜けられても大丈夫かと思います」

「そうね。では、そうするわ」

皆が楽しそうにしている中、ルチアが出ていくと気づかれてしまえば気を遣わせてしまう。

だが、マノンの後について広間から出ても、もう誰も気づくことはなかった。

おそらく気づいた者も見て見ぬふりをしてくれたのだろう。

さすがにこの深紅のドレスは目立つ。

自室で鏡を見たルチアは、皆の優しさにひとり微笑んだ。

やはり、今朝から緊張していたせいか、疲れてはいる。

王妃の冠はまた大切に保管され、何かの式典以外でお目見えすることはないらしいが、それを聞いたルチアはほっとしていた。

あの冠をずっと載せていたら、首も肩も凝ってしまう。

「何か軽いお食事をお持ちいたしましょうか？」

「いいえ、大丈夫よ。もうお腹いっぱい。ありがとう、マノン」

お腹というより胸がいっぱいで、何も食べられそうにない。

寝るにはまだ早いがゆっくりできることは嬉しくて、ルチアは寝衣の上にガウンを着て、寝室の手前にある部屋の長椅子に腰を下ろした。

少し本でも読めば、きっと眠くなるだろう。

書棚からケーリオ辺境伯領について書かれた書物を取り、再び長椅子へと戻る。

「——そんなに面白い本なのか？」

「ジュスト様⁉」

突然声をかけられ、ルチアは飛び上がらんばかりに驚いた。

軽く読むつもりだったのに、すっかり没頭していたらしい。

そんなルチアを見て、ジュストは苦笑する。

「扉を開けても気づかないくらいだったから、よほど面白いのだろうと思ったが……」

笑いながら近づいてきたジュストは、ルチアの持っていた本を見て片眉を上げた。

「勉強熱心だな」

「いえ、あの……ケーリオ辺境伯領の治水工事の歴史はすごく面白くて……」

答えながらも、ルチアは緊張していた。

今夜はきっとジュストも疲れているだろうと、すっかり油断していたのだ。

ジュストはルチアの隣に座ると、そっと本を取り上げた。

「読書はまたでもいいかな？」

「はい……」

これはひょっとしてひょっとしなくてもあれなのではないか。ルチアは自分でもわけがわからなくなっていたが、心拍数が跳ね上がっていることはわかった。

耳の奥で脈を打つ音が煩いほど聞こえる。

ジュストは拒絶されることを恐れているかのように、そっとルチアの手に触れた。

「ルチア、今日はありがとう」

「……え？」

「素敵な……式だった」

「そんな！　私のほうこそ、ありがとうございます！　それにあれは、ニコルやみんなが協力してくれて！　……喜んでいただけて嬉しいです」

ジュストは今日の式典に関してお礼を口にしたのだが、ニコルが言っていた正式な式典名を言うのは諦めたようだった。

だが、ルチアは緊張のあまりまくし立ててしまい、ふと我に返って恥ずかしくなる。

「ルチア、顔を上げて？」

優しく促され、おそるおそるルチアが顔を上げると、ジュストは立ち上がって握ったままの手を引いた。

その勢いでルチアも立ち上がる。

「今夜は星が綺麗に見えるそうだ」

そう言って、ジュストはルチアを窓際まで誘った。

いつの間にか空はすっかり暗くなり、ジュストの言うように星が美しく輝いている。

「本当ですね。すごく綺麗です」

「外に出てみようか？」

問いかけられ、ルチアはためらった。

星空を一緒に見るのもロマンチックで素敵だが、今この時に勇気を出さなければ、優しいジュストは引いてしまうのではないかと思えた。

「あの……」

「うん？」

「私、その……」

寝室に行きたいなどと言えるわけがない。

ここが寝室だったならと大胆なことを考えたルチアは、もっと大胆な行動に出た。

ジュストを引き寄せ、その唇にキスをしたのだ。

一瞬驚き動きを止めたジュストだったが、すぐにルチアをきつく抱きしめキスを返す。

それは息もできないくらいに熱く、ルチアは陶然となってしまった。

すると、急に抱き上げられ、思わずジュストの衣服をギュッと掴んだ。

「落としたりはしない。するわけがない」

笑い交じりにジュストは囁き、ルチアの柔らかな唇に軽いキスをした。

それからジュストは器用にもルチアを寝室まで連れていき、そっとベッドに下ろす。

「……愛してます」

かすかな沈黙に耐えられず、何か言わなければと出てきたのは愛の言葉。

上着を脱いでいたジュストは目を軽く見開き、ルチアに覆いかぶさり再びキスをした。

「私も愛している。ルチア……愛している……」

ジュストの優しいキスは愛の言葉とともに全身に広がっていく。

幸せすぎてこのまま溶けてしまうかもしれない。

そう思うほどにルチアは幸せに包まれ、ジュストの温かな腕に抱きしめられて目を閉じたのだった。

エピローグ

ウタナ国王がバランド王国との同盟締結を発表すると、世間は大騒ぎになった。――主にオドラン王国内で。

やり直し結婚式の翌日には国境へと戻っていたシメオンは、オドラン王国軍の動きを警戒していたが、結局は何も起こらずに終わった。

ウタナ王国との同盟を成せなかったジョバンニ王太子が失脚したのだ。

息子であるジョバンニに軟禁されていた国王が支持者に助け出されて事が露見した。

ジョバンニの協力者であったショーンティ公爵とその子息、バロウズ侯爵と娘のカテリーナ他、貴族政務官たちは次々と捕縛され、今は裁きの時を待っている。

今度は自分たちが幽閉されることになり、ジョバンニたちは罵詈雑言を吐き、恨みを口にし、見張り兵たちを罵倒し、泣き落としを試みたりと忙しいらしい。


「――ルチア、いいのか？」

「はい。私にできることはありませんから」

父親であるショーンティ公爵と兄が捕縛し投獄されたと知らされた時、ジュストは減刑を求めてオドラン国王に親書を送るとまで言ってくれた。

しかし、ルチアは断ったのだ。――今までに幾度となく道を正す機会はあったのに、それをしなかった結果です、と。

ルチアも本音では心が痛まないわけではなかったが、さすがにジョバンニも父親たちも度を越えてやりすぎた。

ここで手を差し伸べても、また同じことを繰り返さないとは限らない。

処罰を決めるのはオドラン国王であり、ルチアは静かに受け入れるつもりだった。

「そういえば、ウタナ王国側も騒がしくなっているようですね～」

「ああ。ついに国王陛下が弟君を処断したらしいからな。両国とも当分は大変だろう」

「でもウタナ国王は我が国が騒ぎに乗じて侵攻を企てないってわかってよかったですね。同盟については、願ってもない申し出だったわけだ。何だか悔しい～」

ニコルが悔しがっているのは、カルロにいいように操られた気がしているからだろう。

カルロはウタナ国王にもバランド国王――ジュストにも十分な恩を売れたことになる。

今まで情勢の安定しなかった二国ともに、一番の太い繋がりを持てたのだから、商人としてさすがであった。

「ですが、国境付近に多くの兵がうろうろしているのは落ち着きませんし、皆が安心して暮らせるのが一番ですから」

「王妃様はカルロに甘いですよ〜」

「よくしていただいているのも事実です」

ルチアがカルロのフォローをすれば、ニコルは唇を尖らせた。

あの式典の日から、ニコルだけでなくエルマンやシメオンもルチアのことは「王妃様」と呼ぶようになっている。

未だ慣れずくすぐったい気もするが、ルチアはようやくこの国に馴染めてきているようで嬉しくもあった。

「さて、では国外の問題は当分の間は要監視ということで、問題は国内ですからね。王妃様がご提案くださったように、各諸侯たちの領地転換、街道整備への負担のお願い、また王都移転について話し合いましょう」

「負担のお願いっていうか、脅しでしょ？」

「お願いですよ」

エルマンがいつものように話し合いを始めるにあたって議題を挙げると、ニコルが茶化した。

ルチアはあれから、勇気を出して遷都についても提案したのだ。

皆は諸手を挙げて賛成してくれたわけではないが、協議の余地ありとこうして議題として取り上げてくれている。

また、天下普請を参考にしたルチアの意見はすでに実現化に向けて動き出していた。

「とりあえず、王都をどうするかを決めないと、諸侯たちの領地についても決められないですよね？　僕はやはりこのバランド王国始まりの地であるここを王都とするほうがいいと思います」

ウィリアムはいつものエルマンとニコルのやり取りに突っ込むこともせず、手を挙げて王都移転についての考えを口にした。

すると、ニコルが反対意見を述べる。

「えー、僕はアーキレイ伯爵の元領地のほうがいいな。諸侯たちに目を光らせられるでしょ？美味しいものも多いし」

「多数決で決めるのもよし」

「それいいね。そうしよう」

「しません。まずはそれぞれの長所短所を挙げてどれだけ長所を伸ばせるか、短所をなくせるかを考えましょう」

シメオンがまたぼそりと呟き、ニコルが乗る。

しかし、すぐにエルマンに切り捨てられた。そこからいつものやり取りが始まり、それでも協議は進み、いくつかの決議の後に会議は終わった。

その夜——。

寝室で本を読んでいると、ジュストが部屋へと入ってきた。

初めてのあの夜から、ジュストは毎晩ルチアと一緒に眠っているのだ。

「——今日も皆さん楽しそうでしたね」

「そうだな」

ルチアが本を置きながら言うと、ジュストはベッドに入って答えた。

ベッドではしばらくふたりでその日あったことを話すのが日課になっている。

今日のように会議があれば別だが、普段は昼間に顔を合わせることは少ないのだ。

ルチアもすでにこの城では、なくてはならない存在になっており、何かと忙しくしているのだった。

「ほんの少し前まで『四人の悪魔』と呼ばれていたのが嘘のようだな」

「ありましたね、そういえば」

「あれは、私とエルマン、ニコルとシメオンの四人で毎晩のように夕食後に遊戯室で話し合っていたというのもあるんだ」

「遊戯室で会議ですか？」

「まあ、酒を飲みながらだがな。次はどういった戦いをするか。どこを攻めるかなどといった作戦会議だ。それがいつしか『四人の悪魔は夜な夜な集まっては次の獲物を狙い定めている』

と言われ始めた」

「そうだったんですね……」

今となっては懐かしいと思えるほどの噂に、ルチアは微笑んだ。

ジュストはなぜそんな噂になったのかと話してくれる。

ルチアが『悪女』と呼ばれ出したのも、反感を抱く者たちに故意に広められたものだが、やはり悪意ある噂とはそういうものなのだろう。

「だが今は、ルチアとウィリアムが加わり、この国の未来について前向きな話し合いができている。もう『四人の悪魔の会議』は必要ないんだ。ありがとう、ルチア」

「私は『悪女』ですから。『悪魔』だって平気なんです」

ジュストからお礼を言われ、ルチアは照れ隠しにつんとしながら答えた。

そんなルチアをジュストが押し倒す。

「私を恐れないとはさすがだな」

「だって、この悪魔さんはとっても優しいですから」

「それはどうかな?」

悪戯っぽく言うジュストに、ルチアは微笑んでその頬に手を伸ばして触れる。

ジュストは意地悪く笑い、そしてルチアにキスをした。

そのキスが優しかったのかどうかは、ルチアだけの秘密である。

番外編

まだ太陽が昇る前の暁の時。

鳥たちはもう起き出しているようで、かすかな囀りが聞こえてきている。

その気配を感じながら、ルチアはベッドの中でゆっくり目を閉じた。

今まで幸せな夢を見ていた気がする。

いっそこのまま夢から覚めなければよかったのにとぼんやり考え、背中に温かな気配を感じて急激に覚醒した。

（夢じゃないわ……）

すぐ傍にジュストがいる。

しかも寝ているのだ。

昨夜のことを思い出したルチアは心の中で激しく悶えた。

本当は声を大にして叫びたい。

夢じゃなかった！と。

だが、それではジュストを起こしてしまう。

そのため、息を殺して微動だにせず、全力で背後の気配を探った。

（ジュスト様の寝顔を見たい！　でも、振り返ったら間違いなくジュスト様は起きてしまう。ということは、私の顔も見られるわけで……！）

ルチアは世の中のままならぬ不条理に絶望した。

なぜ自分の寝起きは酷い顔なのか。

マノンはそんなことはないと言ってくれるが、ルチア自身はまぶたがぼってりして顔全体のカサつきが気になって仕方ないのだ。

そのため、もう何度も一緒に朝を迎えているのに、未だにジュストの寝顔は見たことがなかった。

（でも今なら……まだすごく早い時間だし、さすがにジュスト様も起きないんじゃ……）

カーテンが引かれた部屋は薄暗く、万が一にもジュストが起きても酷い顔は見られずにすむのではないかと、ルチアは考えた。

決行するなら今しかない。

そう考えて、ゆっくりそうっと振り返ったルチアは、しっかりジュストと目が合ってしまった。

「おはよう、ルチア」

「……おはようございます」

すでにジュストは起きていたらしい。

ルチアは朝の挨拶に答えつつもそのまま上掛けの中に隠れた。

別に頭の中を覗かれているわけでもないのだが、馬鹿なことを悶々と考えていたことが恥ずかしかったのだ。

薄暗いのだからきっと顔も見えないはずと思っていたのに、ルチアにはしっかりジュストの顔が見えていた。ということは、ジュストもルチアの顔がはっきり見えたはずである。

（ちょっとだけ伸びたひげが……また萌えるのよ！）

寝起きなのにかっこよすぎるジュストはずるい。

上掛けの中でもだもだしているルチアを、ジュストは無理に引き出そうとはせず、そのまま抱き寄せた。

「苦しくないか？」

「はい」

「それならいいが……。まだ早いから、もう少し眠ったほうがいい」

「……そうですね」

確かにこの時間に起きても、マノンたちを驚かせるだけだろう。

愛する人にこうして抱きしめられ眠ることができるなんて、本当に夢でなくてよかった。

逞しくも温かい胸に頰を寄せ、ルチアは再び目を閉じた。

（……って、夢⁉）

はっと目を開けたルチアは、急ぎ体を起こした。――が、今度は夢でないことがはっきりわかる。

ジュストはすでにベッドにはいなかったが、その形跡は残っていた。

いつもジュストはルチアを起こさず、朝早く寝室を出ていくのだ。

ルチアにはもっと眠ったほうがいいと言いながら、ジュストの睡眠時間はかなり少ない。

一度心配して大丈夫なのか訊ねたこともあるが、あっさり心配ないと笑って答えてくれた。

内乱が続いていた当時は地面に直接横になり、神経を尖らせながらの仮眠しかできなかったのだから、と。

（それでも、本当はもっとゆっくりしてほしいのよね……）

若い頃はいいが、後でしわ寄せがこないか心配ではある。

だが、まだまだ安定しないこの国ではやるべきことが多すぎるのだ。

（にしても、また寝顔を見られた～！）

寝ている自分の顔だけは、永遠に見ることができない。

前世なら録画という手段もあったが、この世界にそんな便利なものはない。

（いびきをかいてたり、よだれをたらしてたり、半目で寝てたりしないよね？）

マノンからは大丈夫だとは聞いてはいるが、疲れているとわからないものである。

だからといって、ジュストと別々に寝るというのも寂しい。

夜を一緒に過ごせるようになったのは嬉しいが、また別の悩みが生まれるのだから人生とはままならない。

（まあ、贅沢な悩みなんだけどね……）

人間とは欲深い生き物だなと思いつつ、ルチアはベッドを出た。

今日は残念ながらジュストと昼食は一緒にとれないが、午後からはルチアも会議に参加するのだ。

議題はいくつかあり、そのためにもルチアはもう一度おさらいをしておきたかった。

「おはようございます、ルチア様」

ルチアが起きた気配を察して、マノンがすぐにやって来る。

その手には顔を洗うための洗面器と、お湯、タオルを持っていた。

（ジュスト様が起きる前に、せめて顔だけでも洗えたらいいんだけど、私の身動きひとつで起きちゃうんだよね……）

物語のように寝起きでイチャラブはできないなと、ルチアはがっかりしながら顔を洗った。

それでもジュストと朝まで一緒に過ごしたい気持ちは変わらず、割り切るしかないという結論に落ち着いたのだった。

＊　＊　＊

六人になった政策会議では、途中にお茶を飲む時間を挟むようになっていた。

適度に休憩をとって甘いものを摂取したほうが頭が働くからだ。

最近では城内で働く者たちにも、昼以外にも休憩を取れるようにしている。

そのおかげか、政務官たちの仕事の効率はかなりよくなったらしい。

そして今も、ルチアたちは会議の合間に休憩を取っていた。

そこではいったん会議内容からは離れるように心がけているため、他愛ない内容の雑談になることが多いのだが——。

「——六不思議ですか?」

ルチアはニコルから聞いた話に目を丸くした。

ニコルはニコニコしながら頷く。

「このお城に伝わる怪談ですよ」

「怪談……」

ルチアはこの世界にも怖い話はあるのだなと意外に思っていた。

本の中では幽霊も出てきていたが、直接聞いたことはなかったのだ。

(それに七不思議じゃなくて、六不思議なんだ……)

なんとなくむず痒い気持ちでいると、エルマンが呆れたように口を挟む。

「ニコル、くだらない話を王妃様にお教えするものではありません」

「幽霊怖い」

エルマンが注意すると、シメオンがぼそりと呟いた。

シメオンが怖いと言うくらいなのだから、よほどの話なのだろう。

ルチアは内心でわくわくしながら、どんな怪談なのかと待った。

そこに、ウィリアムが嫌そうに顔をしかめて言う。

「王妃様、相手にしてはダメですからね。僕も小さい頃は散々ニコルに聞かされたんです」

「それで夜にひとりで寝れなくなったんだよねぇ？」

「仕方ないでしょう？　まだ子どもだったのですから」

「じゃあ、今は怖くないんだ？」

「もちろんです。それに、ここに帰ってきてからは一度もピアノの音は聞いていませんから」

どうやらウィリアムが言っていた「ニコルにされた『悪戯』」には怪談も入っているようだ。

確かに子どもの頃なら怖かっただろうなと思いながら、ふたりのやり取りを聞いていた。

すると、六不思議のうちのひとつらしい話題が出る。

「ピアノの音というのは、どんな内容ですか？」

「それはですね、夜中にどこからともなく――」

「ニコル、馬鹿なことを言って、ルチアを怖がらせないでくれ」

ルチアが興味深げに訊くと、ニコルは目を輝かせた。

しかし、ジュストが割って入る。

心配してくれているのが嬉しくて、ジュストに感謝の笑みを向けた。

「大丈夫です、ジュスト様。怖くはありませんから」

「そうなのか？」

「はい。幽霊などは信じていませんので」

生まれ変わりは信じているけれど、とは言わなかった。

前世からその手の話は信じたことがなかったので、ノリが悪いと言われたこともある。

そこまで思い出して、ひょっとしてここは怖がるべきだったのだろうかと不安になった。

（またやってしまったわ……）

お化け屋敷ではスタスタ歩いて行き、ホラー映画でも怖がらず、すべて作り物だからと言って、『可愛げがない』と嫌がられたことを思い出した。

だが、ジュストは安心したようだ。

「それならよかった。私も信じてはいないんだ」

「ですが兄様、僕は確かにピアノの音が聞こえたんです」

ジュストも笑いながらルチアに同意したが、ウィリアムは本気で訴えた。

そんなウィリアムを見て、ニコルがにんまりする。

「ウィリアムは素直だからなあ」

「ニコルに言われたからじゃありません。昔から時々聞こえていたから、余計に怖くなったんです。それまでは、誰かが酔っ払って遊んでいるのかと思ってたんですから。それなのに、この城にはピアノがないと聞いて、どれだけ怖かったか」

「でも今は聞こえないんでしょ？　なら、やっぱり気のせいだよ」

からかうニコルに、ウィリアムはむっとして反論する。

それをニコルがあっさり否定した。

昔からこの調子なら、確かにニコルは意地悪だ。

ルチアは気の毒になって、ウィリアムに加勢することにした。

「おそらく、ウィリアムが聞いたピアノの音は気のせいではないと思います」

「……え？」

「王妃様、それって幽霊がいるってことですか？」

「怪談怖い」

ルチアの発言に、ウィリアムは青ざめ、ニコルは楽しげに訊いてくる。

シメオンはぼそりと呟いて耳を塞ぐ。

本気でシメオンは怪談が怖いらしい。

そのギャップが可愛くて、ルチアは微笑んで続けた。

「幽霊は関係ありません。犯人はネズミです」

「ネズミ？」

「どういうこと？」

「ルチア、詳しく教えてくれ」

ルチアがズバリ言うと、ウィリアムもニコルも目を丸くした。

ジュストも驚いたようで説明を求めてくる。

エルマンは沈黙していたが、かなり興味はあるらしい。

シメオンはまだ耳を塞いだまま。

「ウィリアムはこのお城にピアノはないと、聞いていたようですが、実はあったんです」

「どこに？」

「それは知らなかったな」

「ええ。私も知りませんでした」

「じゃあ、気のせいじゃなかったってこと？　でも今は全然聞こえないんですよ？　あ、酔っ払いがいないからか……」

ウィリアムはほっとしつつ、今ひとつ納得がいかないようだ。

シメオンはジュストたちの表情を見て、大丈夫だと思ったのか、両手を耳から離した。

「以前、大掃除をした時に見つけたのですが、このお城の物置のようになっている地下室にピアノがありました」

「地下室か……」

「そういえばありましたね、地下室。忘れていました」

ルチアの説明で、ジュストとエルマンは地下室の存在を思い出したようだ。

しかし、ニコルはそれだけでは物足りないらしい。

「ピアノがあったからといって、勝手に鳴るわけじゃないですよね？　まさかネズミが弾いてたなんて、おとぎ話はなしですよ？」

「ですが、おそらくネズミが弾いていたんだと思います。ピアノは傷みが激しくフタもない状態でしたから、鍵盤の上をネズミが走っていたのでしょう。糞も落ちてましたから。残念ながら内部も腐食していて、修復も難しいようでしたので掃除の際に処分しました。それで今はもうピアノの音が聞こえないのだと思います。地下室はウィリアムの部屋から割と近い場所ですし、他の部屋には聞こえなくても、ウィリアムの部屋までは風に乗って聞こえてきたのかもしれませんね」

「へ～」

ルチアがピアノの音の正体を推測ではあるが答えると、ニコルは感心したようだ。

ウィリアムはほっとしたような悔しそうな反応をする。

「そうだったんですね！　それなら子どもの時に知りたかったです」

「もうピアノはありませんから、確かめようはないですが、今は聞こえてこないのなら、よかったですね」

「はい！」

ウィリアムはルチアの言葉に嬉しそうに答えた。

怪談を信じていないらしいジュストは誇らしげにルチアを見る。

ルチアは照れながらもジュストに微笑み返した。

これでこの話題は終わりかと思われたが、ニコルがまた面倒くさいことを提案した。

「じゃあ、六不思議のうちのひとつが解決しちゃいましたから、残りもやっつけちゃいましょうよ！」

「何を言っているんですか、ニコル。そんなの時間の無駄ですよ」

「そんなこと言って、本当は怖いんでしょ、ウィリアム」

「べ、別に怖くはありませんけど、僕たちにはやるべきことがいっぱいでしょ？」

「またまた～。一日一件片付ければ、あとはたったの五日だよ？　仕事終わりに現場に向かえばいいでしょう？」

ウィリアムがすぐに反対したが、ニコルはやる気のようだ。

あと五つの不思議とはどんなものなのだろうとルチアが予想していると、ニコルが話を振る。

「王妃様も気になりますよね？　解決したいですよね？」

「そうですねえ……。本当にあと五つもあるのですか？」

この城に嫁いできて半年以上になるが、今まで聞いたことがなかった。

ニコルがウィリアムを怖がらせるために作ったものでないのなら、気になるのは確かである。

「ルチアが気になるのなら、解決してしまおうか？」

ジュストはルチアの希望を優先してくれる。

忙しいのに付き合わせるのは申し訳ない気持ちと、好奇心とがせめぎ合い、仕事終わりも一緒にいたいという気持ちが勝敗を決めた。

「お願いします」

「やったー！」

ルチアが頷くと、ニコルが喜びの声をあげた。

ウィリアムは意外にも嬉しそうで、シメオンは眉間にしわを寄せている。

「兄様が解決してくださるなら、安心です」

「私は参加しません」

「大勢でぞろぞろ参加しても興ざめでしょうから、私も遠慮しておきます」

ウィリアムのジュストに対する信頼は絶大のようだ。

シメオンは素直に不参加を表明し、エルマンはため息交じりに告げた。

確かに六人で出かけても無駄なだけである。

「じゃあ、さっそく今夜から始めましょう！　まずはこの棟と翼棟を繋ぐ渡り廊下にある鏡！

鏡の中に引き込まれるって怖〜い話があるんだよね？」

ニコルが人差し指を立てて、ふたつ目の六不思議を挙げた。

その内容は確かに真実なら怖いが、ルチアは首を傾げる。

ジュストをちらりと見れば、含み笑いをしていた。

「やはりルチアは気づいていたか」

「それは……はい。きちんと確認したわけではありませんが、そうなのかなとは思っていました」

ジュストとルチアの会話の意味がわからないのはウィリアムだけのようだ。

正確には、シメオンは耳を塞いでいるので聞いていない。

「どういうことですか？」

「あの鏡は裏に隠し通路があるんだ」

ウィリアムの問いに答えたのはジュストだった。

その内容に、ウィリアムは目を見開いた。

「隠し通路⁉」

「あーあ。ウィリアムには秘密だったのに」

驚くウィリアムを見て、ニコルは残念そうに呟いた。

シメオンもさすがにウィリアムの声は聞こえたのか、両耳から手を離す。

「隠し通路といっても、もうずいぶん昔に塞がれている。ニコルの言う話は、まだ通路が使われている頃に、誰かが通路に入っていく姿を見て流れた噂だろう」

「そうだったんですね……。って、それじゃあ、王妃様はなぜご存じなのですか？」

ジュストの説明にウィリアムは納得して頷いた。

だがすぐに、やってきたばかりのルチアがなぜ知っているのか疑問に思ったようだ。

「それは……このお城の改築記録に小さく書かれていたのを見つけて……どこの鏡のことかと探したことがあるんです。あの鏡は壁に埋まるように取り付けられているので、他にも気づいている人はいると思います」

「そうかもな」

問いかけられて、ルチアは言うべきかわずかに迷ったものの、結局は口にした。

鏡の秘密を知った頃はまだジュストと心を通わせる前で、城内を探っていると思われたくなくて黙っていたのだ。

しかし、今はそんな心配はいらない。

そう考えた通り、ジュストはまた誇らしげに同意してくれた。

「なーんだ。王妃様には通じなかったかあ。じゃあ、次はね、翼棟の開かずの間！」

「ああ、あの悲鳴が聞こえるというお部屋ですか？」

「え、それもご存じでしたか……」

「そうですね。古参のメイドから聞きました」

三つ目の六不思議もすでに知っていることだった。

ニコルはまたがっかりし、ウィリアムは顔を輝かせる。

「ニコル、その『開かずの間』はもう開いていますよ」

「ええ⁉　開けちゃったの⁉」

「はい。エルマンと相談して対処したので、もう悲鳴も聞こえないはずです」

「エルマン、どうして教えてくれなかったの⁉」

「政務に必要ないことですから」

エルマンはしれっと答え、ニコルは珍しくショックを受けていた。

そんなニコルを見ていると、お気に入りの玩具を取り上げたような気分になってくる。

だが、ジュストがルチアの気持ちを読んで、優しく微笑みかけた。

「ルチア、気にする必要はない。ニコルはまた別に適当な話を思いつく」

「ジュスト様、僕は別に適当な嘘を言っているわけではないです。そもそも、悲鳴の原因はわかったんですか？」

「はい。一階のメイド控室が原因でした」

ジュストのルチアへの言葉に、ニコルが抗議する。

そのまま悲鳴の原因を訊かれたので、ルチアは簡単に答えた。――が、簡単すぎたらしい。

「何で？　開かずの間って、二階でしたよね？　どうして一階の……まさか、メイドが殺されていたとか!?」

ニコルはとんでもない推測をして、ウィリアムとシメオンを怖がらせる。

素早く耳を塞いだシメオンに見えるように、ルチアは苦笑しつつ首を横に振った。

「控室の扉の建てつけが悪く、開閉のたびに耳障りな音を立てていたんです。どうやらそれが、暖炉の煙突を通じてあの『開かずの間』に響いていたようですね。日中は出入りが多く扉を解放しているので音がしないのですが、深夜は扉を閉めているためにたまに出入りすると音が鳴り、悲鳴のような音があの部屋に届いていたようです。他の部屋では聞こえないのは構造上の問題でしょう。なので、扉を軽いものに換え、蝶番《ちょうつがい》に油を差したので、音もせずメイドたちも楽になったと好評です」

「それはよかったですね……」

今度はニコルもがっかりすることなく笑った。

前の扉は建てつけが悪かったせいで開閉がしにくく、さらに重かったので不評だったのだ。

使い勝手のいい扉に替わったことと、開かずの間の謎が解明されて使用人たちは喜んでいたが、その手配をしたのはニコルがアーキレイ伯爵領に滞在していた頃のことなので知らなかったのだろう。

だが、ニコルは知らなかったことに拗ねるでもなく、使用人たちのために喜んでいる。

ウィリアムをからかう意地悪な面もあるが、基本的にニコルは優しいのだ。特に女性たちに。

「じゃあさ、この勢いで残りの三つも解明しましょう！　えっとね、次は――」

「次はまた明日ですね。休憩も終わりですよ」

「ええ～」

ニコルは乗り気でルチアに次の六不思議を言おうとしたが、エルマンが遮る。

実際、もう十分に休憩は取った。

ニコルは不満そうではあったが素直に立ち上がる。

ルチアも立ち上がろうとすると、ジュストが手を貸してくれた。

「ありがとうございます」

ジュストの手を握って立ち上がったルチアは、明るくお礼を口にした。

「休憩になったか？」

「はい。楽しかったです」

ジュストは六不思議について話してばかりだったルチアを気遣う。

いつでもどこでもルチアを第一に考えてくれるジュストの優しさが嬉しくて、満面の笑みで答えた。

「はいはい。休憩は終わり。イチャイチャも終わりですよー」

ニコルが見つめ合うルチアとジュストの間に割って入る。

これもいつものお決まりで皆が笑いながら、会議後半戦に臨んだのだった。

＊　＊　＊

会議が終わって、その日の夜。

ルチアは寝支度をしながら、六不思議のことを思い出してマノンに訊ねた。

「ねえ、マノンは六不思議って知ってる？」

「はい。よくある子ども騙しの怪談ですよね」

「よくあるの？」

「そうですね。わざわざお耳にお入れすることもないとルチア様にはお伝えしませんでしたが……必要でしたか？」

「皆の生活に支障をきたすようなら教えてほしいけど、そうじゃないなら興味はないわね」

「だと思いました。昔、お兄様にショーンティ公爵家の六不思議だと聞かされていらっしゃった時、お止めしようかと迷っているうちにルチア様はすべて論破されていらっしゃいましたからね」

「論破って……」

「幽霊やオバケなんていないとおっしゃって、原因を突き止めていらっしゃいましたよ？」

「そんなことあったかしら？」

「覚えていらっしゃらないですか？　確か十三歳くらいの時かと思いますが……」

「う〜ん？」

六不思議の話がショーンティ公爵家にもあったのは知らなかった。

というより、兄の嫌がらせであろうその話はまったく覚えていなかったが、十三歳なら前世の記憶を思い出して混乱していた時期なので、何かと絡んでくる兄がうっとうしかったということだけは覚えている。

あの頃から兄には生意気だと、よく絡まれていた。

嫌なことを思い出してため息を吐いたルチアだったが、続いたマノンの言葉に驚く。

「このお城にも六不思議はあったようですが、すべてルチア様が解決してくださいましたから、私も怪談は信じなくなってしまいました」

「そうなの？　というか、六不思議すべて？」

今日の昼間に三つまでは解明したかもしれないが、鏡については何もしていない。

そもそもあと三つ残っているはずなのだ。

驚くルチアに、マノンは指を折って数えながら六不思議を挙げていく。

「『ピアノの音』と『消えるチーズ』はネズミの仕業でしたね。『何もないのに頭上から落ちてくる石』はカラスの仕業で、あとは『開かずの間』と『魔の十四階段』、『睨みつける肖像画』

です」

「待って。『魔の十四階段』って何？　十三段じゃなくて？」

ここでも微妙に数が違い、ルチアは思わず笑った。

しかも、ニコルが挙げていた『鏡』の話がない。

前世の七不思議と同じで、伝えられる内容が変わっていることはよくあるようだ。

「先日、ルチア様が危険だからと手すりをつけられて、段差部分に目立つよう色を塗ってくださった階段のことです。あそこは転げ落ちる者が多かったですから、『魔の十四階段』と呼ばれていたそうですよ」

「そうだったの……」

マノンが説明してくれて、『魔の十四階段』についてルチアは納得した。

あの階段は石の模様が目の錯覚を起こし、下りる時に足を踏み外してしまう者が多かったのだ。

しかし、使用人用の階段だったため、今まで放置されていたらしい。

「まあ、六不思議だろうと何だろうと、問題がある場所はこれからも教えてくれるとありがたいわ。私だけじゃ気づけないもの」

「わかりました。ありがとうございます」

マノンはくすくす笑いながらお礼を言った。

嬉しそうに笑うマノンを見て、ルチアは首を傾げる。

すると、マノンは笑った理由を口にする。

「皆、どうしようもないことは怪奇現象とかを理由にして、触れないようにしているんです。あの階段も、少し遠回りして別の階段を利用すれば問題ありませんでしたから。ですが、ルチア様はきちんと原因を究明して解決してくださる。オバケも形なしですね」

「オバケも幽霊も信じていないもの」

「そのおかげで私たちは助けられています。特に、元からこのお城で働いていた者たちは不便さを当然だと思っていたので、ここ最近とても働きやすくなったと喜んでいます。皆、本当に感謝していて、中にはルチア様は女神様だと信じている者もいるんですよ」

「女神様って……もちろん否定してくれたわよね？」

「私も同意したいくらいなのに？」

「やーめーてー」

マノンにからかわれていることに気づいて、ルチアは抗議の代わりに抱きついた。

そのまま体重をかけると、マノンが逃れようと抵抗する。

子どもの頃からのルチアの悪戯で、ふたりで笑い、それからマノンはわざとらしく叱った。

「もう、せっかく綺麗に整えましたのに、御髪がくしゃくしゃになってしまってますよ」

「ごめんなさい」

しおらしく謝るルチアも白々しく、結局ふたりでまた笑った。

そしてもう一度髪の毛を梳かしてもらい、寝室に入る。

ひとりになったルチアは、先ほどのマノンの言葉を思い出していた。

「どうしようもないことは触れない、ね……」

世の中にはどうしても解決できないことはあるが、手を尽くせば解決できることも多くある。

ただその手段にお金や人手、そして知識が必要となるのだ。

今のルチアには時間はかかっても解決できることのほうがきっと多い。

（それなら、やっぱり解決したいものね……）

お天気はもちろんのこと、人の感情や病気などはどうしようもないが、転びやすい階段などは原因を究明して対策を取ることができる。

城内だけでなく、国内にもそういったことは多いはずで、ルチアはできる限り解決していきたかった。

（ということは、六不思議や怪談を集めるのも方法のひとつかしら……）

明日にでも図書室から、怪談集があれば借りてこようと考えていると、ジュストが部屋へとやって来た。

途端にルチアはぱっと顔を輝かせた。

何度見ても、ジュストのくつろいだ姿はかっこいい。当然、きっちりとした軍服姿も礼服も、普段の姿も全部かっこいい。

　こんなにかっこよくて、優しくて、素敵な人が自分の夫など未だに信じられないくらいだった。

「先に寝ていてよかったのに。今日は会議があったから、疲れただろう？」

「大丈夫ですよ。最初は緊張しましたけど、ずいぶん慣れましたから。でも、ありがとうございます」

　いろいろ考えていたからか、気がつけばかなり遅い時間になっていた。

　それでジュストは心配してくれたようだ。

　もしルチアが寝ていたら、ジュストは部屋に帰ってしまったのかもしれないと思うと、起きていてラッキーだった。

　そもそも確実にジュストのほうが働きすぎている。

「あの、私よりもジュスト様のほうがお疲れですよね？　朝も早いですし、今までお仕事されていたのでしょう？　早くお休みになってください」

　そう言いながら、ルチアはいそいそと上掛けをめくって枕を整え、さあどうぞと促した。

　ジュストは微笑んでルチアに従い、ベッドに横になる。

　それから上掛けをもっとめくってにっこり笑った。

「ルチアもおいで」

とんとんと隣を叩きながら言うジュストに、ルチアは視覚的にも聴覚的にも完全にやられてしまった。

心が『好き』で破裂してしまったのだ。

そうでなければこんなに苦しいわけがない。

それでも心臓は痛いくらい早く打っているので、どうやらまだちゃんと動いているらしい。

ルチアは緊張しながらジュストの隣に横になった。

もう何度も夜を一緒に過ごしているのに、未だにドキドキしてしまう。

そんなルチアにジュストは優しいキスをすると、腕を伸ばして枕元のランプを消した。

そしてルチアを抱き寄せる。

「おやすみ、ルチア」

「……おやすみなさい」

まさかのおやすみの挨拶に、ルチアはジュストの腕に抱かれたまま呆然としてしまった。

しばらく待ってみたが、何もない。

だが、ジュストもまだ寝ていないのはわかる。

それではいったいジュストは何をしにきたのだろうと考えて、ルチアはようやく気づいた。

（これは……単に一緒にいたいからというものでは……？）

わざわざこの部屋まで来てくれたのだから、そういうことなのだろうと思っていたが、そうではなかったらしい。

何もなくただ一緒に眠るだけというのは、ルチアにとって青天の霹靂《へきれき》でもあったが、喜びも大きかった。

自分は本当に大切にされているのだと実感できる。

「……愛してます」

どうしても気持ちが抑えきれなくて、小さく小さく囁けば、優しく抱きしめてくれていた腕にぎゅっと力が入った。

体はぴったりと密着して、ジュストの速い鼓動が直接耳に届く。

「私も愛してるよ、ルチア。だが今は、煽らないでくれ」

「……はい。おやすみなさい」

ジュストの言葉がどういう意味かは、わざわざ訊かなくてもわかった。

今日は疲れているだろうと、ルチアを心配してくれているのだ。

大丈夫だとも言いたかったが、ジュストも疲れているのだろうと考えて、ルチアは素直に目を閉じた。

＊＊＊

翌朝目覚めた時、ジュストはすでにいなかった。

また寝顔を見損ねてしまったことも残念だが、やはり睡眠時間は足りているのだろうかと心配になる。

(今はまだ難しくても、もう少ししたら丸一日お休みを取れるようになったらいいなあ……)

ルチアが嫁いできてから、ジュストは一度も休日を取っていない。

おそらくエルマンもニコルもシメオンも。

城で働く者たちには、五日に一度交代で休めるように改善したが、ジュストたちには代わりを務められる者がいないのだ。

ウタナ王国との関係も順調で、オドラン王国とは関係改善に向けて動いている今、あとは国内情勢だけだった。

それも、ひと月ほど後の作物の収穫が無事に終われば、いったんは落ち着くだろう。

それまで大きな天候の崩れがないことを祈るばかりだった。


ルチアは庭に出ると、蕾をつけたバラの前で立ち止まって微笑んだ。

満開になったらまたゆっくり散歩しようと、ジュストと約束しているのだ。

赤い花びらがわずかに見えている蕾もあり、花開くのもあと少し。

あの時ジュストに愛を請われ、ルチアは応えたものの、本当はまだ自信がなかった。

しかし今は、完璧ではなくても少しは力になれているのではないかと思っている。

昨夜マノンから聞いた言葉は大げさすぎて笑えてくるが、このお城の人たちが慕ってくれているのも肌で感じていた。

ルチアが散歩を終えて城内へと戻った時、ニコルがニコニコしながら近づいてきた。

「王妃様、お散歩が終わったなら、次は六不思議の解明ですよ～」

「……まだ続いていたんですね」

「当たり前じゃないですか。まだ三件残ってますから。ウィリアムのためにも解明してあげてください」

昨日、一日一件片付けると言っていたのは本気だったのかと思いながら、ルチアはニコルと一緒に歩いた。

しかも、いつの間にかウィリアムのために解明という話になっている。

苦笑しつつルチアが案内された部屋に入ると、ウィリアムはもちろんのこと、ジュストとエルマン、シメオンまで待っていた。

「みんな一緒に休憩中なんです」

「そうでしたか……」

かすかに怯んだルチアに、ニコルが説明してくれる。

今日は会議はないのだが、こうして休憩を取るのなら喜ぶべきなのだろう。

そうでなければ、ジュストもエルマンもすぐに無理をするのだ。

ただし、本人たちには無理をしている自覚はないらしい。

そのため、少々いい加減にも思えるニコルの存在は大きかった。

「えっと……それでは、他の六不思議を教えてくれますか？」

ソファに腰を下ろして用意されたお茶を飲んだものの、皆がルチアを待っているのがわかる。

ほんの少しの居心地の悪さを感じながら、ルチアはニコルに促した。

途端にニコルは満面の笑みを浮かべる。

「四件目の六不思議は『魔の十四階段』です！」

ジャジャーンと効果音がつきそうなほど嬉しそうに発表してくれたが、それなら昨日マノンから聞いたばかりのもので、ルチアはほっとした。

予想はしていたが、やはり使用人たちの間のものと被ってはいるらしい。

これなら後は、肖像画かチーズ、または落石かと思いつつ、ルチアは微笑んだ。

「使用人棟にある階段のことですか？」

「そうそう。ご存じでした？」

「昨日、マノンからそう呼ばれていたと聞きました」

「あれ？　過去形なんですね」

「そうですね」

そこでルチアが説明すると、皆が驚き納得した。

「まさか、本当に転落者が出ていたなんて知りませんでした。ただ怖がらせるための噂だとしか……」

「ああ。もっと早く気づいて対策をとっていればよかったな」

エルマンもジュストも、昔からあるただの子ども騙しの噂だと思っていたらしい。

後悔の滲んだ言葉に、ルチアは急ぎフォローを入れる。

「で、ですが、幸いにして過去にも死者は出ていないようですし、対策してからは事故も起きておりませんから、これで六不思議の噂もなくなりますね」

ジュストたちは成人前から内乱平定のために城にほとんどいなかったのだから仕方ないだろう。

それに、城内の――特に使用人については女主人の仕事なのだ。

知らなくて当然なのだが、それを伝えてもジュストたちが気にするだろうことはわかったので、簡単なフォローしかできなかった。

そこで次の六不思議に移ることにする。

「それでは、次の六不思議は何でしょうか？」

「あ、うん。次は怖いですよ？　僕も体験したことがありますからね。なんと！　『睨みつける肖像画』！　夜中にとある廊下を歩くとね、ずーっと睨みつけてくる肖像画があるんですよ？　噂では毒殺された過去の王様だとかどうとか。怖いんですから。ねえ、ウィリアム？」

「はい。あれは本当でした」

思った通り、肖像画のことだったらしい。

ニコルも体験したらしいが、怖がっているというよりは楽しんでいる。

ウィリアムは本気で怖がっているようで、気の毒になってきた。

子どもの頃の恐怖体験はトラウマになりやすい。

「ウィリアム、大丈夫ですよ。あれは、仕掛けがあるだけですから」

「え？」

「本当に？」

「また文献か何かに書いてあったのか？」

ルチアの言葉にニコルとウィリアムだけでなく、ジュストも反応した。

エルマンも口には出さないが、興味深く聞いているようだ。

そしてシメオンは耳を塞いでいなかった。

「文献ではないですが、あれは『仕掛け絵』と言って、作者が何かしらの仕掛けを施しているんです。以前、別の仕掛け絵を見たことがあったので、あの絵の仕掛けも大掃除の時に気づきました」

大掃除の時、あの絵を掃除するのをこの城の者たちは怯えて嫌がったのだ。

そこで理由を訊けば、目が追ってくるのだと皆が言う。

ルチアは前世で、仕掛け絵のイベントに行ったことがあったので、すぐにピンときたのだった。

「あの絵を間近で見るか、触るかすればわかるのですが、絵の具で絶妙に凹凸を作っているんです。それで一定の明かり――深夜の数を絞られた明かりに照らされると、視線が追ってくるように感じられるんです。昼間の明るい光の下では何事も起きないですから、夜中に気づいた人たちは怖がってしまうんですよね。ですから、先日他の場所に移動させて飾りました。それ以来、睨まれているという話は聞かなくなりましたので、あの肖像画の作者はあの場所に飾られる前提で描いたのでしょう。というわけで、しばらくしたら本来の場所に戻そうと思っています」

「へえー。すごいですね。では、さっそく今夜確認してみます！」

「夜更かしはお勧めできないですけど、大丈夫ですか？」

ルチアが仕掛け絵の『睨みつける肖像画』について説明すると、ニコルはわくわくしていた。

ジュストたちも感心している。

まさかこんなところで前世の知識が活かされるとは思っておらず、ルチアは苦笑した。

後はチーズか落石についてかなと思っていると、ニコルは予想外のことを口にした。

「じゃあ、後は『濃霧の夜中に現れる幽霊』ですね！」

「……幽霊ですか？」

何となく種明かしはできそうだが、少々面倒くさい。

そもそも濃霧の夜を待たなければならないのだ。

その気持ちが出てしまったのか、ニコルが目を輝かせてルチアに問いかける。

「王妃様、さすがに幽霊は怖いですか？」

「いいえ、幽霊などいませんので怖くはないです」

「ぶれないですね～」

にっこり笑って答えると、ニコルは楽しげに笑った。

そこでルチアも訊ねる。

「それでは、ニコルは幽霊を信じているのですか？」

「正直なところ、どうでもいいです。幽霊がいてもいなくても、僕に何か影響があるわけではないですから」

「それもそうですね」

「影響はありますよ。呪われたらどうするんですか？」

ニコルらしい答えに納得していると、ウィリアムが嫌そうに訴えた。

やはり子どもの頃のトラウマのせいだろう。

呪いなんて非科学的なと、言いそうになって、そもそも科学がこの世界にはなかったと思い直す。

「ウィリアムは何か呪われたことがあるんですか？」

「あるわけないです」

「では、なぜ呪いを信じているのですか？」

「え……？」

ルチアの問いかけに、ウィリアムは戸惑い、ニコルは噴き出した。

ジュストとエルマンも笑っており、呪いを信じていないことがわかる。

そこに、初めてシメオンが口を開いた。

「歩哨《ほしょう》たちが濃霧の夜は怖がって当番を嫌がるのが呪い」

「呪いではないですけど、それは確かに困りますね……」

幽霊などいないとルチアは思っているが、ウィリアムのように怖がる人がいるのも理解している。

誰だって未知なるものは怖いだろう。

得体の知れないものへの恐怖を、言葉で大丈夫だと伝えても無駄であることも、ルチアは知っていた。

「では、実際に濃霧の夜に現れる人影が幽霊ではないとわかればいいんですね？」

「やった！」

おそらくタイミングの問題だろうと、ルチアが解明することを承諾すると、ニコルは両手を上げて喜んだ。

しかし、ジュストは渋い顔をする。

「ルチア、無理はしないでくれ。噂の時間は夜も遅い」

「ひと晩くらいなら大丈夫ですよ。それに霧が出る日は予想できますよね？」

「それはできるが……」

兵士が幽霊の噂を怖がり、歩哨に立つのを嫌がるのなら、シメオンだけでなく皆に支障が出る。

そもそも軍の士気にもかかわるだろう。

霧が出るのは城の西側を流れる川の辺りらしく、さらにどこで幽霊が目撃されるのかはニコルから詳しく聞いた。

「ちなみに、皆さんは見たことがあるのですか？」

「残念ながら僕はないんだよねー」

「私もないな」

「私もありませんね」

今さらな質問をルチアがすると、ニコルもジュストもエルマンもないらしかった。

だがウィリアムがためらいがちに言う。

「私もありませんが、シメオンはあるそうです」

「そうなんですか？」

ルチアが驚いて訊けば、シメオンはこくりと頷いた。

シメオンが「怪談が怖い」というのも、その体験のせいなのかもしれない。

「それで、何か呪われたのですか？　皆が歩哨を嫌がる以外に」

「幽霊を見た者たちの何人かは怪我をしています」

「怪我人？　それはかなり深刻ですね」

「正確には、幽霊に驚いて転倒したようです」

「……呪いではなさそうですが、被害は出ているわけですね」

シメオンは珍しくしっかり答えてくれた。

それだけ幽霊には困っているのだろう。

「剣で相手をできないのは厄介」

「そうですね。幻相手に剣は通用しませんからね」

シメオンが幽霊を怖がるのは、戦えないためらしい。

ルチアは微笑んで頷くと、ジュストに向き直った。

「ジュスト様、勝手なお願いですが、検証の時には一緒にいてくれませんか？」

「もちろんそのつもりだ」

忙しいジュストに夜中まで付き合わせるのは申し訳なかったが、ルチアは傍にいてほしかった。

ジュストは快く了承してくれ、ルチアはほっと安堵したのだった。

＊　＊　＊

三日後。

昼過ぎまで降っていた雨が止み、気温も低く霧が発生しそうな条件がそろった。

前もって下見をしていたルチアは、マノンに協力してもらって、幽霊の再現をすることにしていた。

そして時間になり、ジュストが迎えに来てくれる。

「ルチア、今夜は冷えるからもう一枚羽織ったほうがいい」

「わかりました。ありがとうございます」

ジュストは止めることはしないが、ルチアを心配してくれることに変わりはない。

我が儘で付き合ってもらっているのに、さらに心配をかけたくなくて、ルチアは素直に従いケープを羽織った。

春とはいえ、夜はまだまだ冷える。

そして幽霊の目撃情報が多数ある城壁にやって来ると、ルチアは周囲を見回した。

形を整えられた石が積み上げられた城壁の見張り用通路は、雨に濡れたせいで滑りやすくなっている。

これなら確かに、幽霊に驚いて慌ててしまうと、足を滑らせて転倒するのも頷けた。

ジュストに同行してもらってよかったと、ルチアはつくづく思い、組んだ腕に寄り添う。

「予想通り、霧が濃くなってきましたね！」

ニコルが嬉しそうに声をあげる。

今回はいつものメンバーだけでなく、兵士たちも多く集まっていた。

これで失敗したらどうしようとルチアは心配になったが、幸いにして杞憂に終わった。

ルチアの予想通り、霧に現れる幽霊の正体は影絵のようなものだったのだ。

遅くまで仕事する政務官たちがいる棟の明かりを背景に、別の場所に立つマノンの影が霧をスクリーン代わりにして映し出された。

マノンに指示して動いてもらった通りに霧の幽霊も動き、逆に盛り上がったくらいである。

「――というわけで、幽霊の正体は影でしたー！」

「すごいですね、王妃様！　あんなに遠くに影が映るってご存じだったなんて！」

ニコルが楽しげに宣言すると、ウィリアムが尊敬の眼差しをルチアに向けた。

子どもの頃のトラウマの原因が解明されて嬉しいのだろう。

これもまた前世の知識があったからこそ、気づけたことなのだが、役に立ててよかったとルチアも喜んだ。

今は兵士たちがふざけた姿を霧に映し出している。

「今日だけは許すか。……王妃様、ありがとうございました」

「ありがとうございました」

兵士たちの浮かれた影絵を見ながらシメオンは呟き、ルチアへと頭を下げた。

すると、他の兵士たちもニコルやウィリアムまで頭を下げ、ルチアは慌てた。

「シメオン、頭を上げてください！　私はたまたま以前もこの現象を見たことがあったので、わかっただけですから！」

シメオンたちが頭を上げると、ルチアはほっと胸を撫で下ろした。

そんなルチアをジュストは愛しげに見ている。

「濃霧と遅くまで働く政務官たちの部屋から漏れる明かりなど、条件がそろわないと発生しないためにめったに現れず、幽霊と勘違いしてしまったなんて……。肖像画といい、階段といい、すべての怪奇現象は目の錯覚と言いたくなりますね」

皆が今まで誤解してしまっていたことを、エルマンがため息交じりにぼやいた。

おそらくジュストたちも内乱の平定やその後の政務に追われていなければ、六不思議の謎を解明できただろう。

ルチアがそう考えて微笑むと、体が冷えたのかくしゃみが出てしまった。

途端に今まで黙って見守っていてくれたジュストが心配する。

「ルチア、そろそろ部屋に戻ろう。ここは思っていたよりかなり冷える」

「そうですね。それでは、皆さん失礼します」

ジュストがずっと傍にいてくれたので気づかなかったが、確かに先ほどより冷えてきている。

ルチアは皆に笑顔で挨拶をすると、ジュストとともにその場から離れた。

時間はかなり遅いのに、皆が盛大に見送ってくれているので、ルチアは振り返って小さく手を振った。

そして前へと向き直った時、足を滑らせバランスを崩す。

だが、すぐにジュストが支えてくれた。

「大丈夫か？」

「す、すみません……」

滑りやすくなっているとわかっていた――というより、偉そうにここは滑りやすいからなどと言っておきながら、自分が足を滑らせるなど恥ずかしい。

それでも素早く支えてくれたジュストが頼もしくかっこいい。

転ばなくてよかったと心から安堵しながら、ルチアは改めてジュストにお礼を言った。

「ありがとうございます。ジュスト様のおかげで安心してこの場に臨めました」

「いや、礼を言うのは私のほうだ。この城の様々な問題を解決してくれて、本当に助かっている。ありがとう、ルチア」

部屋へと送ってもらいながらの感謝の言葉に、ジュストも感謝で返してくれる。

それだけで、ルチアは今まで頑張ってよかったと思えた。また、これからも頑張ろうと。

「きっと、他にも困っているのに解決方法がわからず『不思議』として放置している問題がこのお城以外にもあるかもしれません。ですから私は少しずつでも、皆の困り事を減らしたいと思っています。もちろんすべては無理ですけど……」

「ルチアが無理をしないなら、自由にしてくれてかまわない。それに、私にも手伝えることがあれば言ってくれ。護衛でも御者でも何でもする。ただできれば、私からあまり離れないでくれると嬉しい」

「……はい」

世の中には解明できない不思議なことはたくさんある。

それらは無理でも、ルチアの知識で解決できることはしたかった。

そんなルチアの決意を、ジュストは優しく後押ししてくれる。

ルチアは自分がここにいていいのだと、役に立てているのだと自信が持てた。

部屋に戻ると、侍女たちが夜風で冷えただろうと湯の用意をしてくれていた。

皆の優しさが何より温かく、ルチアは幸せに包まれてその日は眠りについたのだった。

翌朝。

いつもより遅い時間に目を覚ましたルチアだったが、起き上がろうとしてめまいを感じ、再び横になった。

当然のことながらジュストの姿はもうすでになく、寂しく思いながらも体調の悪さを知られずにすんでほっとする。

まさかと思いつつルチアはベッドにしばらく横になっていると、めまいも治まってきた。

（たぶん、これはやっぱり……）

深く息を吐いて呼吸を整え、ルチアは嬉しさに叫び出しそうになるのを堪えた。

数日前から何となく感じていた体の異変。

ルチアは起き出すと、マノンにこっそり耳打ちをした。

マノンも察していたらしく、顔を輝かせて大きく頷く。

その後、部屋でゆっくりしていたルチアの許にやってきたのは、マノンが手配してくれた医師だった。

季節の変わり目のせいか、最近は城内で風邪が流行っているので、皆にも不審に思われないだろうと、医師を呼ぶことにもためらいはなかったのだ。

「――おめでとうございます。ご懐妊です」

待ち望んだ言葉に、ルチアはマノンと手を取り合って喜んだ。

もちろんしばらくは知られないようにしなければならない。

そのため医師にも風邪ということにしてもらって見送ると、居間でゆっくりくつろいだ。

(今夜はジュスト様に会えるかしら……。いえ、でも風邪ということにしているから、遣いを出したほうが確実かも……)

ジュストならルチアが風邪をひいたと知れば、無理をさせたくないと寝室に来ない可能性が大きい。

それならきちんと遣いを出して、会いに来てほしいと頼むべきかと悩んでいるうちに、別の考えが浮かんできてしまった。

(ジュスト様は……喜んでくれるかしら……)

ずいぶん情勢も落ち着いてきているとはいえ、やはり隣国出身者であるルチアの妊娠を快く思わない者もまだいるだろう。

これを機会に反抗勢力が台頭してきたらどうしようと、ルチアは不安になった。

すると、どんどん悪いほうへと考えてしまう。

(しばらくは秘密にしていたほうがいいのかも……)

ジュストは喜んでくれるだろうが、余計な負担をかけたくない。

あれこれ悩んでいるうちに、マノンからジュストの訪問を知らされ、ルチアは慌てた。

まだ伝える準備が何もできていないのだ。

「ルチア、風邪をひいたと聞いたが、横になっていなくて大丈夫なのか？」

「ジュスト様……」

居間に入ってくるなりジュストはルチアの許へと駆け寄る。

そして立っていたルチアに座るようにと促した。

「熱はないようだが、喉は痛むか？　とにかく、横になったほうがいい」

ジュストはルチアの額に手を当てて熱があるかどうか確かめ、心配そうに顔を覗き込み、あっという間に抱き上げた。

そのまま寝室へと向かう。

「ジュ、ジュスト様！　私は大丈夫です！」

心配はされるだろうと思っていたが、ここまで暴走ぎみになるとは思ってもいなかった。

この城にやってきてから、ルチアが体調を崩すのは初めてなので余計に心配をかけているのかもしれない。

そう思うと、あれこれ悩んでいる場合ではないと気づいた。

ジュストに心配をかけてまで妊娠を秘密にするなど、本末転倒である。

ベッドにそっと下ろされながらそう考えたルチアは、離れようとするジュストに抱きついて引き止めた。

「ジュスト様、この風邪はうつりませんから安心してください」

「それは心配していないが、ルチアはちゃんと休まないと――」

「妊娠したんです」

「……え？」

「赤ちゃんができました」

「赤ちゃん……」

勢いのままルチアが告げると、ジュストは理解できないようだった。

ぼんやりとルチアの言葉を繰り返し、やがて目を見開いて息を大きく吸い込む。

そしてルチアを抱きしめ、慌てて力を緩める。

「ありがとう、ルチア。……愛している」

「私も……愛しています」

ジュストは感極まったように言葉を絞り出した。

その声にはただ喜びがあるだけで、何も心配はいらないと思えてくる。

ふたりはしばらく無言で抱きしめ合い、何度も優しいキスをしたのだった。


それからしばらくして、ルチアが抱えている不安――妊娠発覚による反抗勢力の台頭や、それによって皆に迷惑をかけてしまうかもしれない懸念を打ち明けると、ジュストは優しくひとつひとつ心配事を取り除いてくれた。

その時の言葉通り、エルマンやニコル、シメオンやウィリアムもルチアの妊娠を心から祝福してくれたのだ。

おかげでルチアは悪阻《つわり》に少々苦しめられはしたが、安心して妊娠初期の時期を乗り越えることができた。

そして安定期に入ったルチアの妊娠発表に、城内中が沸いた。

その喜びは国中へと広がり、明るい未来を予感させる希望となっている。

さらには、例の『睨みつける肖像画』を元の位置に戻して飾ったところ、今では『睨みつけられると幸せになれる肖像画』としてパワースポットになっていた。

そしてもう一カ所、パワースポットとして人気になっているのが、あの庭である。

ルチアはほんのり膨らんできたお腹に手を添えて、ジュストとともにあの庭の満開になった真っ赤なバラを前にして微笑んだ。

「まさかこれほど見事に咲くとは思ってもいませんでした」

「ああ、私もだ。今まで気にもかけなかったが、こうして気づくことができた」

答えたジュストは、バラからルチアへと視線を移し、その場に跪《ひざまず》いた。

そして驚き目を丸くするルチアの手を取り、その甲に口づける。

「ジュスト様……」

「あの日、私はあなたに愛を請い、今あなたから素晴らしい愛を返してもらっている。だが、私はこの先もあなたの愛が欲しい。愛している、ルチア。私の永遠の愛を誓う。だからどうか、私にもあなたの永遠をくれないか？」

あの日の約束以上のものをジュストは差し出してくれている。

ルチアは喜びに満たされつつも、そっと屈んで膝をついた。

ジュストは急ぎルチアを立たせようとしたが、その手を掴んで引き止める。

日傘を傾けて皆から隠れたルチアは、戸惑うジュストにキスをした。

マノンの言う通り日傘を持っていてよかったと思っていると、ジュストもさらに深いキスを返してくれる。

こうして、ルチアとジュストは皆に見られることなく、永遠の愛を誓い合ったのだった。

あとがき

皆様、こんにちは。そして、お久しぶりです。もりです。

このたびは『婚約破棄された公爵令嬢は冷徹国王の溺愛を信じない2』をお手に取っていただき、ありがとうございます。

1巻より少し間が空いてしまったので、皆様覚えてくださっているかな？と心配ではありましたが、どうでしたでしょうか？

そもそも1巻で十分ハッピーエンドだったのに、2巻でどうするの？と思われた方もいらっしゃるはず……ですが！

物語は「めでたし、めでたし」で終わっているように思えても、やはりいろいろあるわけです。

というわけで、2巻では密かに『初夜大作戦！』と銘打って続けてしまいました。

それなのに、初夜どころか甘い雰囲気になかなかならない。

しかもルチアの前世知識が天下普請だのローマンコンクリートだのと、ごちゃ混ぜで色気がない。

ニコルだけでなく、私もふたりを応援してしまいました。

そんなふたりを今巻も紫《むらさき》真依《まい》先生が華やかなイラストで後押ししてくださっています。

カバーイラストでは、1巻よりラブ度の上がったふたりに萌え、ピンナップでは憧れの壁ドンに悶えました。

実は、紫先生に描いてほしくて壁ドンシーンを書きました。ありがとうございます。ごちそうさまでした。

そして今巻から登場したウィリアムはジュストの従弟として、髪色と年齢以外そっくりなのに何か違うという設定を絶妙に表現して描いてくださっています。

紫真依先生、本当にありがとうございました。

そして、要領の悪い私に根気よく付き合ってくださった担当様、いつもありがとうございます。

また、この本の出版に携わってくださった皆様にも感謝の気持ちでいっぱいです。

何より、この本をご購入くださった皆様、本当にありがとうございました。

もり

婚約破棄された公爵令嬢は冷徹国王の溺愛を信じない2

2024年1月5日　初版第1刷発行

著　者　もり

発行人　菊地修一

発行所　スターツ出版株式会社

〒104-0031　東京都中央区京橋1-3-1　八重洲口大栄ビル7F
☎出版マーケティンググループ　03-6202-0386
（ご注文等に関するお問い合わせ）

https://starts-pub.jp/

印刷所　大日本印刷株式会社

ISBN　978-4-8137-9299-4　C0093　Printed in Japan

［もり先生へのファンレター宛先］
〒104-0031　東京都中央区京橋1-3-1　八重洲口大栄ビル7F
スターツ出版（株）　書籍編集部気付　もり先生